樊忠慰，1968 年生于云南盐津县兴隆乡。中国作协会员。创作诗歌 2600 余首，参加诗刊社第 14 届青春诗会，有诗被译介到国外。出版诗集《绿太阳》（2001）、《家园》（2011）、《雏鸟》（2012）、《渴死的水》（2013）、《精神病日记》（2016）、《冥想与咏叹》（2019）、《虚名与诗》（2019）、《说或不说》（2020）。曾获鲁迅文学奖诗歌奖提名、云南文艺基金奖、云南文化精品工程入选奖、高黎贡文学节主席奖、王中文化奖，《渴死的水》入选 2013 年滇版十大好书。另出版《樊忠慰诗歌评论集》（李骞主编）（2016）。

微尘

樊忠慰／著

云南出版集团　云南人民出版社

图书在版编目（CIP）数据

微尘 / 樊忠慰著. -- 昆明 : 云南人民出版社,
2020.12
ISBN 978-7-222-14505-4

Ⅰ. ①微… Ⅱ. ①樊… Ⅲ. ①诗集－中国－当代
Ⅳ. ①I227

中国版本图书馆CIP数据核字(2020)第233302号

项目策划：苏映华
责任编辑：刘　焰
创意设计：李乐乐　熊小熊
责任校对：姚实名
责任印制：窦雪松

WEICHEN
微尘

樊忠慰　著

出　版　云南出版集团　云南人民出版社
发　行　云南人民出版社
社　址　昆明市环城西路609号
邮　编　650034
网　址　www.ynpph.com.cn
E-mail　ynrms@sina.com
开　本　889mm×1194mm　1/32
印　张　9.875
字　数　70千
版　次　2020年12月第1版第1次印刷
印　刷　昆明精妙印务有限公司
书　号　ISBN　978-7-222-14505-4
定　价　49.00元

如需购买图书、反馈意见，请与我社联系
总编室：0871-64109126　发行部：0871-64108507　审校部：0871-64164626　印制部：0871-64191534

云南人民出版社微信公众号

目　录……

日　子

晨起翻阅《古兰经》　中午读《金刚经》
晚上背《圣经》　一天都沉浸在宗教氛围里

节制　禁欲　远离恶便是聪明
写诗给眼睛看　唱歌给耳朵听

坐飞机火箭都有危险
没有车的我轻松步行

黑社会不绑架袁隆平
说明黑社会不够黑

没有国人被饿死
说明贡献最大是农民

江河已被污染　森林正在消逝
草原逐日减少　海洋也会枯竭

人的贪欲泛滥成灾
神灵看厌了世间悲剧

诗歌不可能像金钱与权势
被每个人视作好东西

握紧太阳　这把打开天空的钥匙
心胸一片自由和光明

大理星光

大理古城摘下彩云的草帽
文献名邦昂起白族的脑袋

泣血的洱海　污染过千年前的南诏
蝴蝶开花的季节　石头咧嘴歌唱

你嘲笑唐代的刀戈
我藐视秦砖汉瓦

兴也忽闪　亡也忽闪
蝼蚁的昼夜　挂满露水的冷暖

太阳和星汉　神灵制造的玩具
鸟飞逝　一叶孤帆驶向天边

春天的少年郎

盐。海渴死的嘴
花。彩云甜香的唇

十根手指汇成森林
童年挎着蘑菇的竹筐

露水是甲虫的衣裳
蟋蟀是鸣叫的月光

叶子穿上绿裙
邂逅春天的少年郎

雷电与猎人

谁在天上跺脚
谁擦亮了光的火柴

堆积的云　群山般庞大
布满了野兽与森林

雷与电都是天空的灰烟
爱与恨都是人间的陷阱

猎人呢
他的猎枪在哪里

一群孤独

三根闪电的青草汇成草原
五滴露珠的雷鸣聚成湖泊

一只白羊啃食草根
两个碧湖熄灭星光

太阳的刀锋吹动沙粒
神的手指摘下黎明

鹰隼从天空飞过
脱下风的草鞋　云的花朵

诗

诗是神的旨意　魔的药酒
它通过人说出来
像一滴泪污染海水

音乐诞生　文字也不死
它的名字叫诗
一种让思维触电的神迹

一粒粒珍珠　敲打稿纸
贪吃的耳朵摇响金币
美的节奏　净化心灵

在阴暗的舌头上
贞女被削割成荡妇
诗人被编造为巫鬼

贪官家里并没有印钞机
轿车呼啸别墅　腐败召唤监狱

刺猬的诗歌让奔跑的祖国无语

太阳的红露水　月亮的绿豆芽
萌发在天空的土地
人在生死　神在呐喊　昼夜在更替

洱　海

吐泡泡的鱼虾抱起云朵
看垂柳围着洱海跳舞

天空弯了一下腰
星星闪烁　像钓饵诱惑着夜歌

波浪吹送　风的细语
老了树皮　醉了贝壳

我的脸上　挂着两个灯笼
帆影飘忽　渔网捞起汗水与传说

风　语

八月的山楂树结满果子
八月的山楂　还没有熟

就像我俩青涩的恋情
挂在树枝上
羞涩了天空的血　太阳的忧伤

练　笔

1.

写诗像一场亘古的梦游
情感的犬吠　文字的眠床　灵魂的泉眼
黎明捍卫天空　针尖刺红鸡冠
玫瑰熄灭沉浮的火焰

2.

沙漠洒下骆铃的水珠
赤足的湖走过商旅的星光　羚羊的荆冠
彩绸的飘带挂上黄昏的脖子
骆驼的背像一座搬动的宫殿

3.

茅屋牵出长长的炊烟

像扎辫子的村姑笑春天
稻田里的蛙鸣　洗亮了农具
号子饥饿　小伙胸膛淌汗

4.

咆哮的大海　像一个发情的老人
他的皱纹是时间的磨盘
雪峰转身　月牙升天
燃烧的血是爆炸的盐

感　觉

鱼在洱海里划船
花在苍山上起舞

风吹过　鸟儿振羽
推开彩云的窗　雨点的门

树叶眨眼　波浪打在脸上
大理石说　天边的太阳白了

流　萤

以波浪织网的风
把洱海带进月光

草根的溪流在天上
星星的鱼群闪亮

春天像一朵大蝴蝶
扑打着少女和芳香

唱一支歌给石头听
喉咙里的雪峰化作流萤

游记或遐想

泥土种下果园　青草长出羊毛
哞叫的奶牛挤出温泉的月光
半盏酒灌醉岩石和异乡

情歌的蚱蜢舟　湿地的小西湖
一座石桥驶向远古
涟漪扩散的村庄　煮鱼炸虾

呢喃的鸟　七彩的云
仿佛神的秘语和手势
飞进天空的湖泊涂蓝了太阳

我衣袖空空　盛不下一缕闪电
星星的金币老天买得起
饥渴的苍山　洱海追逐的梦想

枯骨擦亮萤虫　荒冢凋零野花
英雄怀抱的佳人早已睡熟
皱纹满面的时间吐出叹息与情话

苍　山

苍山雪痕汇聚洱海波光
谁能测量爱的温度
天上一滴血　忧郁的太阳

上关的花　嫩白清香的少女
下关的风　缠绵歌唱的情郎
一轮圆月吟诵中秋的诗行

洱海的房子

水上的房子　走路的房子
汽笛的房子　装着许多人流淌

天空的蝴蝶扑在洱海上
风的羽毛，波浪的翅膀

钓鱼人在钓闲暇与水
垂柳拂动梦呓的鸣虫

远逝的船舶像苍山一样缥缈
天上阳光抱紧白族的大理

金花和阿鹏敞开嗓门
歌唱是人们爱情的食粮

牛筋草

细长的小辫　摇晃临近的黑夜
你拔下牛筋草　编造孩子的手镯

云喘口恶气　起风了
咳嗽的洱海　喷出细碎的虾鱼

游泳的人泡在水里
像一群欢笑的螺蛳

沿幽僻的小径走回逸龙
我捡起一串晚霞的脚印

炼　狱

作诗与歌唱是我行走的双脚
加上足球就像天使长了翅膀

神秘飞蝶是外星人旅游的房子
时间和灵魂在赛跑

生病的身躯　做梦的职业
幻听的绞索是我厌世的炼狱

暗　礁

当天空变成黑夜
大海是星星的道路
牵引光的羽翅

丝绸的碎片
柔情的玻璃
贝壳在沙滩　与海龟嬉戏

海风吹拂细浪的燕子
心灵沉默如灯
翻阅暗礁的往事

豹

月亮的弓弩拉长流水
星星的箭矢洞穿黎明
咆哮的森林是豹子的衣裳
岩石的翅膀是豹子的脚掌

猎人的枪口　冒烟的太阳
瞄准哭泣的骨骼与时光
冰冷的豹子　你去哪里巡游
不在血泊的天空　就在自由的心上

像影子那样爱我

贪杯的酒徒　砸碎半瓶茅台
好色的鬼子娶到一具骷髅
饿狗啃咬几根夜的骨头
八戒的猪碰见西天的佛祖

爱美的姑娘炫耀胭脂的贞操
饱暖的肠胃赞叹袁大师的稻谷
卖过红薯的公仆高居庙堂
吉祥的傣家跳起孔雀舞

谪仙的月光磨亮唐代的屠刀
星空的脑海漂浮时间的苹果
诋毁诗歌的白痴自诩大泽
不如像驼铃渴死在沙漠

天天向上的少年向下撒尿
升空的飞船是科学的俘虏
和尚像念经一样想尼姑
你像挣扎的影子那样爱我

吻

荧屏上两个领袖在亲嘴
有些生涩而勉强的表情
像两个可爱的小宝贝
教世界人民要相爱相亲

圣洁的宗教不亲嘴
指责领袖有伤风化
它朗诵经书　热衷彼岸
偶尔也制造恐怖与暴乱

手握手是朋友
枪握枪叫战士
四大洋连起海水
七大洲合起陆地

黄皮肤的长江野性地流淌
蓝眼睛的维也纳优雅地歌唱
飞机不要与坦克厮杀

航母不要与核弹对峙

平民是尘土　领袖如花朵
绽放和平的灵感　亲吻星球的信仰
不要让恶棍给善良响亮的耳光
不要让谎言的政治万寿无疆

鲜花或故乡

太阳的红鬃马　天空的绿草场
彩云的毡房　牧歌飘荡

眼睛的湖水　星子的游鱼
夜的波浪　吹送风的衣裳

洁白的月光　窈喜的新娘
耳环叮当　抱紧爱的芳香

舌尖的盐　针尖的糖
心灵的鲜花　蜜蜂的故乡

森林的黄昏

树的耳朵　偷听森林的秘语
轻盈的花朵　扑打衰萎的黄叶
秋季像一条溪水　越来越瘦
连上枯枝的小径

蟋蟀的灯盏　蘑菇伞下的鸣叫
滋养心灵的麻木与伤痕
森林像一匹咆哮的绿豹子
撕碎落日　血淋淋的寂静

梦　话

太阳是白昼发芽的河流
淌过天空喷血的胸膛
月亮是夜晚乳汁的江水
洗净大地嫩绿的心脏

时光奋蹄　日月流淌
草尖露珠打湿牛羊的嘴唇
森林歌喉唱响秋风的嘹亮
一片落叶幸福　一地落叶忧伤

而我像一块僵坐的石头
掌纹的蝴蝶扑灭彩霞的灯盏
鸣叫的思想剥下青苔的伪装
梦话的湖水　听见远方沙粒的渴望

虎的伤

森林岑寂　不见虎爪
天空像一张被风吹皱的虎皮
蝴蝶好似扯碎的羽毛

沉默的大山　春天比石头锋利
燃烧的太阳和星子
磨亮虎的利齿和咆哮

虎的意志　凝聚爱情的闪电
是神的哀伤　喷血的枪口
瞄准焚烧的斑斓　饥渴的海洋

青　丝

把黑发数成白发
把诗句写成玫瑰
黎明的手指摘下星斗

嗜饮剩汤残茶　蝼蚁的自由
没有爱的纯净水　我宁愿渴死
亡灵娶下彩云　一路狂歌醉酒

春天的嘴唇

枯叶敲打细密的阳光
阴影筛下血红的心跳
花朵在水里凋谢　蝴蝶在云里开放
戴草帽的春天　还在路上

凝眸的露珠含在眼眶
亲吻星子和钻石的光芒
月亮的牛角挂着汗水
累出七女的思念　仙鹤的忧伤

百年情话

不高兴的贱货喜欢骂娘
不快乐的刁民就爱打架
裸奔的艺术家还没有自杀
贪黑起早的赌徒又输了钱

星光种下蚕豆和陨石
隐身的草原吓跑牛羊
雨点汇成湖泊的镜子
害羞的月亮　躲闪着苍凉

腐烂的天使　堕落的花瓣
彩虹的皮鞭抽痛麻木的春天
善恶的江河像挣扎的锁链
百年的情话埋在枕头下面

童贞的诅咒吊起怨毒的誓言
地震像山茶天天开放
人群的笑脸朵朵消散
卵子找不到精虫的好侣伴

孤　峰

云雾缠绕群山的手指
晨曦洗净天空的脸庞
一滴鸟鸣擦亮树的皱纹

山峰和我站在一起
山峰比我更孤独
人群外的我孤立了自己

低　语

星光的婴孩　唱着露水的圣歌
高耸的岩石　敲打天空的肚皮

饮尽爱的甘泉　渴死孤独的沙粒
一只鸟像火焰飞过　灼痛自由的彩云

草原托起的羊群　呼吸闪电的玫瑰
天堂的灯盏　吹熄茅屋的犬吠

文字藏着的灵魂　翻动人生的书卷
梦呓的海　骨骼抽出低语的剑气

九　行

星星是野兽的号叫
吹熄玫瑰的红唇
撕碎情欲的草叶

天空深邃　浮云无语
夜与昼交换了口袋
黑与白混淆了贞洁

时间　掏出眼睛
以月亮的银圆
取代太阳的金币

黄昏与海

翠鸟在树丫间吵嘴　落叶在青苔上呻唤
彩虹拉长童年的弹弓　农妇的辫子甩出炊烟

溪水像情话　挂在姑娘的耳畔
山与山挽起手　走进落日的宫殿

星光闪现　生死短暂
萤虫的火把　夜的项链

玫瑰把春天埋进坟墓
爱情把你我锁进诗篇

把天空揽入胸怀的海
也会像沙粒　被时间的风吹干

童　谣

淘气的鱼儿水里游
浪花是欢乐的微笑
顽皮的星星天上眨
眼睛是闪烁的自由

害羞的蚂蚁
躲进童话的洞穴
做梦的花朵
骑着春天追蝴蝶

太阳公公胡子多
你去替他数
月亮婆婆背驼了
我来牵她走

海的自恋

自大的人不再是直立的海
而是贪婪的躯壳　狂吠的口袋

蔚蓝的波涛　母性的皱纹
鱼和星光的婴儿　哼唱海鸥的摇篮

螃蟹和海贝是顽强的兄弟
苔藓和海带是柔情的姐妹

雷雨沉浮花朵的头颅
闪电浇灌太阳的风暴

哭泣的云朵　飘忽的亡灵
被海埋葬　抵达了永恒

小白狗

小白狗游上屋顶　影子清扫瓦片的阳光
它的叫声　像撕碎的蝴蝶与波浪

扑打我的手臂和衣裳
脱下草丛与云朵混淆的芳香

没有爱的人　以文字筑巢
像小白狗找到圣洁的故乡

疯人的怀想

若我是手握权柄的恺撒
赐你一个避孕套般的乌纱

戴着吧　让长城好好戴着吧
谄媚与奸笑换来的冠冕

刀锋割破包皮的纯洁与痛
羞煞忙碌的耶稣和汗

铁蹄践踏的草原刮起血腥
染红帝王的疆域　蝴蝶的衣衫

UFO　不明飞行物
外星生命对地球的呼喊

盲目的我　仰望或俯瞰
聆听星光　自由和良善

宇宙浩瀚　时空无边
人是一根冒烟的火柴

谁把他擦亮　焚烧
又让他灰尘满面　孤独凶残

太阳的沙漠　住着祖先的幽魂
精灵的 UFO　消逝又出现

黄金的飞船　宗教的碎片
无法与神灵交谈　叩问终极与彼岸

黑洞与末日

花朵走路　香气奔跑
月光的脚　从未踩着雨点

黑洞吞食发烧的恒星
比太阳巨大　一串串露珠的火焰

地球之上　人类在忧患
变异的植物　污染的自然　兽欲的贪婪

何去何从　鱼类叩问大海
飞鸟叩问会飞的草原

泪会哭　血会枯干
当星光套上末日的锁链

微　尘

星斗忽闪忽闪　像一群鬼魂在抽烟
夜空容纳亡灵与噩梦
风的床单上　月光在睡眠

文字失落感情与温度
疯狗吠叫漆黑的昨天
神的头皮屑暗淡了海与灯盏

鸡鸣的花朵唤醒露水的晨曦
人该是怎样生息的种子
欢乐的细胞　或痛苦的微尘

人亮不过眼睛与青铜
海大不过指缝里的泥土
天空高不过上帝的脚踝

幻

身体之外　脚趾在行走
黑白之间　星空在行走
一朵做梦的玫瑰
喊醒黎明的火苗

绿树生长岩石
湖泊潜游沙滩
蜥蜴一闪　又不见
手指碰响干涸的雨点

风　景

波浪涌动星空
点灯的鱼嫁给江海
风一动不动

花的鞋踩响露水
夜和石头冷了
草丛里的蟋蟀冷了

月光舞累了银色的皮鞭
草原闭上眼睛
毡房和马蹄悄然入睡

晨曦的吻
烙上天空的脸颊
滋养咩叫的羊和云

一万年即一秒

土地肥沃而贫瘠
一个秋比另一个秋金黄

牧羊人唱歌给羊群
枯草听见寂寞的山梁

野花又在悄悄生长
向着天空和神灵的方向

窑洞的炊烟枯瘦如柴
晨曦的灯光鸡鸣悠扬

恍觉自己并非人类的一员
在人群里孤独　让疾病忧伤

一个写诗的傻瓜
不写诗可能更傻

天空像一张翻动的白纸
轮回的时间　灼痛生命的梦想

池塘留下春天的笑与泪
爱恨缠绵　一万年即一秒

冥想与咏叹

我想写出传世诗篇
让活着的人　一代代做我的坟墓

而我不会消亡
死去的是黑暗的石头　与影子的孤单

一根火柴说话　墓碑的石头无言
花脱下香气　亡命在人间

枯干的纸墨　黯淡了星空
看不见笔和打湿的衣衫

风中灰尘擦亮云中雨点
唾沫会咽下谁的谎言

一个名字让棺材发芽
长成参天的大树与森林

野草般的诗句　疯长天空的身体

带走一个个短暂的永恒　落日的脚印

梦见上帝

化身为一片落叶
上帝也是一滴晨曦
阳光的前额群星闪烁
舌头的唾沫语言化蝶

上帝是藏在纸上的字
烧成灰我也认识
包谷剥下一粒粒金子
爆米花变作轻盈的天使

上帝是我的手足　耳朵和眼睛
能看能听能远行
蔚蓝的地球旋转着飞翔
人脑从信仰里站起

煮一锅灵魂的汤药
专治愚妄　偏见和罪戾
发疯的过去并非黑白的贫穷

星辰的未来恍若七彩的宝石

今天是不是神赐的奇迹
上帝避而不谈的话题
当蜜蜂的翅膀累出蜜水
幻灭的生灵会梦见上帝

生活的视线

以闪烁的星　酿夜空的酒
以鲜花的文字　写花园的诗篇

把女人关在门外　爱情就被关在门外
闭上眼睛　看见黑洞与虚无

陆地小于海　人小于神
婚姻小于孤独　我小于你的视线

练习曲

光在草丛舞蹈
琴跳跃　露凝眸　风欢笑
几滴虫鸣　溜下午睡的青苔
野花敲响春天的亡灵

一片枯叶　一缕花魂
如凋残的油彩与月光
抹乱音乐最美的衣裳
音符破碎　手指飘扬

夜　光

树的喷泉
玉的酒杯
星的项链

河流的绿头发是鱼的灯盏
风的波浪揉碎了时间

时针　分针　秒针
一声长叹　光在追赶

谁能从钟表之外
捡到春的落叶一片

星　空

做梦的沙粒　累出汗水
蚂蚁的星辰　游进湖泊

咖啡激动　触摸闪电的思维
诗意在舌尖　有一点咸味

蜜蜂嗡叫螫人的甜蜜
月光吹拂玻璃的芳醇

哑巴先知　珠玉的悲悯与嘲讽
从高处俯瞰人生　诠释痛苦

幻　景

天空张开手指
摘下玫瑰的黎明

春天的水罐
几颗星星凋零

风的波浪
亲吻不老的礁石

细碎的海
拂绿了皱纹

湖泊在飞
歌吟惊动浮云

雷电在唱
彩虹搭上天梯

花园沐雨

草叶在演戏

自由吹沙

鸟的叫声

时间叹息

贪官把黄金做成棺材
异化的权柄　腐败人品与江山

宫廷的灯　点亮一盏盏美女
婚床的乱影　吹熄生锈的皇冠

屠刀　悬在天空
秋月春草　谢了又开　枯了又绿

自由颂

吃云朵　变成鸟
扑落天空的翅膀

吃青草　变成羊
咀嚼阳光的羽毛

别让枪口瞄准鸣叫
别让鲜血溅满屠刀

给鸟　飞翔的使命
给羊　草香的渴望

叩　问

风吹动书页的天空
死去的人复活在纸上
情歌吻着星子的耳朵
云彩翻阅灵感的鸣叫

盐在海水里洗澡
苹果的脸颊红了
飞鸟弹奏春的旋律
小溪爬上伴唱的枝条

不幸本是无所谓有
无所谓无的
正如世上的幸福
幸福的人多了　也就成了不幸

时光的顽石无足轻重
如尘的蝼蚁更微不足道
夜空开遍银色的花香

摘一朵享用爱的婚床

苦难地生殖　勇武地繁衍
又从容地奔赴死亡
是欲望本能的力量
还是人类拥有更高的梦想

虚无不是神

天冷了　地冷了
欧洲在冰河里冷了

泛滥的兽欲　沦丧的道德
堕落的人类　上帝冷了

内心悬一把利剑
伤别人　也伤自己

头顶挂一串苹果
仿佛忧伤的情欲

当我写诗　时间看着我
当你睡觉　梦牵着你

寒风砍落雪花和树叶
苍老的树皮　剥下轮回的涟漪

泥与根纠缠着浮云

骡子不是马　虚无不是神

老　鸹

老鸹像黑夜般消散
树上的巢装着哀鸣的天空

雷叫几声　雨叫几声
风越刮越大

闪电握住眨眼的时光
春天折断羽翅　海水飞翔

岩石闪烁　星光不灭
老鸹远离血腥的猎枪

春　光

黎明的鼻子哭出星光
脸像虚空　舌像月亮

涌动的海水摘下浪花
诗歌的春天娶下新娘

心在烧　火在跳
血在天空奔跑

红玫瑰做梦
醒在害羞的婚床

影与我相撞　闪电的镜子
夜与昼亲吻　露水的羔羊

穷　人

花的爱与美已经吹落
果的真与假都在出售
拜金的眼透视铜板的心灵
信仰的骨奔泻人格的电光

网络流行下里巴
有人就呸呸呸口水
诗坛推崇阳春雪
有人就抒情塑料花

舌头模仿古语和土话
洗衣粉抄袭原创的无瑕
轻狂少年捧起酒杯
醉得天昏地黑哗啦啦

有人写来了豪车和别墅
有人写富了银子和情人
我被嘲笑　时间在一旁偷听
一个穷光蛋　把自己写成光棍

神　灯

谁嘲笑我的孤单
血管奔泻诗歌的火焰

你看青草不做爱　也能繁衍
顽石挤出几滴精虫的闪电

三棵野草喂饱荒原
一堆乱石垒成宫殿

米粒压弯蚂蚁的腰
星空容纳圣洁的汗

寂寞是咬人的狗吠
美和艺术　神的灯盏

颂

春走到天上　叫春天
汗钻出泥土　叫食粮
田鼠的家　搬动原野和村庄

露水凋零　草叶欢笑
身体里的野兽是花朵
彩云是飞鸟抛弃的新娘

一个人奔跑　风追逐头发　血撕碎时光
燃烧的脚印与骨架
向挣扎的天空飞翔

让水果长成水果的样子
让垃圾与垃圾结婚
让蓝精灵听不见海的忧伤

天堂在哪里

花不要开　就不会谢
酒不要饮　谁还会醉
露水虫鸣　爱的星辰

风吹时光的流水
水归于更低处的水
人归于尘土和自然

日月下受惊的峰峦蜿蜒
仿佛飞天的神龙
失足跌落凡间

地狱的门悄然洞开
魔鬼撕咬枯骨与画皮
火焰把废铜炼成金片

复活的基督重临人寰
沐浴罪恶的血腥与刀戈

咀嚼悲悯的牙齿和子弹

天堂　在哪里

猛兽咆哮生死的幻影

心跳熄灭灵魂的呼唤

露水与炊烟

花朵没有做爱
怎么结了红果

日月星起舞
美不美　晕不晕

屠刀血闪闪
斩落羊头狗头人头

马匹在草丛追逐
绿的宫殿里住着春天

湖泊像水珠的镜子
照亮天空和情郎的容颜

烛光吹灭冷战的星空
篝火掏出酒歌与黑暗

悄悄入梦的毡房

听见鸣虫喊炊烟

玫瑰与星海

花冠上的星辰熄灭
夜伸出黑手掌
呻吟的宝石攥着绿光

玫瑰的爱偷偷凋零
嘴唇化为泥土
马蹄狂吻　大地的芳香

我抽出时间的钢刀
斩断飞鸽与流水
天空的头颅　跪拜在海的膝盖

佛　牙

对于夜晚　牙齿是坠落的天空
对于大地　牙齿是萌动的流星
对于我　牙齿是口腔抛弃的一小块骨头

不知该葬你于高山之巅
还是用一条河　给你造佛塔
虔诚的心　咀嚼凋零的花

静

天空　一根燃烧的火柴
童话的手指缠绕云彩

星夜　一堆寂静的虫鸣
白银的月亮挂着耳坠

鸟是会飞的巢
家是叮当的泉

露水的镜子

天空飞累了　鸟就歇个窝
太阳红透了　黄昏滚下地

哭泣的沙　塞进骆驼的牙缝
星光的雨水　打湿黑夜

湖的皱纹　扩散时光
美玉碧绿　皓腕如霜

风的舞台上　草丛的哗笑里
露珠的小镜子　一面面破碎

喜　鹊

樱桃红唇吻上天空
太阳焚爱远航

打开宇宙的鸟笼
喜鹊涂绿鸣唱的时光

另一颗地球　渴望的姑娘
300 光年的孤独　血缘与命运哀伤

亵渎宗教与文明
像盲人对哈达撒尿

纯洁的冰峰耸立冬天
雪莲的神灵捕捉粉蝶

怀孕的泥土笑了
生下青稞与虫草

月光下的碎银

天亮就不见了

风在吹

天空的坟墓　埋下神鹰的翅膀
太阳的伤口　喷射窒息的血浆
灵魂的胚胎　脱下火焰的衣裳

自由的海是波浪在飞翔
星光磨亮鱼的骨刺
皱纹的网　撒下心跳的苍茫

春

黄金的蜜蜂　采集成吨油菜花
摘下千亩香气　少女的头巾
裁剪甜蜜的发卡　万朵彩云

绿色的乳汁　拂动羔羊的嘴唇
草牵草的手　追赶春天的马蹄
湖泊的宝石　磨亮鹰翅的远

喉咙生锈　把雷鸣哽在枪管
无论牧人或猎手　平地或高山
钟情劳动与歌唱　汗水与盐

节奏的鸣响

公鸡打鸣。寒星
装着天空。鸟胃
飞。翅膀的海水
巢。零的安睡

马匹。背走草原
风吹。黄沙泪
自由。匈奴的刀
弓箭。射中落日

生命幻象

爆炸的人口　污染蝼蚁的星球
闪电的飞鸟　搬动天空的坟墓
暴涨的河流　冲刷大地的村庄

在这大眼瞪小眼的时代
红粉有病菌　铜板有芳香
道德在沦丧　金子在闪光

生命是时间的影子　神的杰作
诗歌是影子的影子　灵的幻象
纸笔发疯　啃噬人类的隐秘和欲望

灵魂的房子

诗歌是灵魂的房子
住着温泉与灯盏

美学的大门　情感的砖瓦
思想的床上睡眠

走笔的血　纸上做梦
心跳吹灭　阴影和郁闷

枇　杷

把枇杷从树上喊下来
坐在手指上

太阳这颗最大的枇杷
挂在山顶　做泥土梦

天空的大嘴　嚼枇杷的甜
炊烟的茅屋　吐米饭的香

噩 梦

游魂穿透希腊森林的地窖
暗室有一扇青蓝的窗帘
掀开灯光　看见陌生的姑娘
她叫我老师　让我迷惘

放出我身体里昏睡的藏獒
撕碎河流　空气与乱草
你是逃遁的小鱼　纯善的羊羔
挥手拂去黑暗　以光的网络　梦的屠刀

缠身的恶魔让我窒息
咒语唠叨　魔大于人　小于神
心灵的上帝浇灭肉身的邪欲
死亡并非终结　灵会去另一时空生活

廿年的病苦磨快大脑和执着
白痴般流泪读书　傻子般发狂写诗
让爱吹熄星空情欲的火苗
圣洁的雪峰比水更向往天国

人生絮语

宇宙间　地球是露水
人是露水中的尘埃

鲸鱼是海的细胞
灼烧江河的血缘

常人是风景的陪衬
精英是山水的风景

大地如一面铜镜
生命是反光与幻影

人生如一场掉队的马拉松
没有谁能坚持第一

相信灵魂　怀疑死亡
心跳的白鸽　敏感而多情

春天的蛋

天空在心脏搏动
挤压喷血的火焰
骨缝里的闪电与风沙
把云朵化为灰烟

时间的虫鸣　星光的鱼群
蠕动在森林的夜晚
撒网的人抛下大海
收获贝壳与礁石的黑暗

黎明啄红破晓的鸡冠
分娩的月光失眠
满目的宝石哇哇大哭
像孕育春天的蛋

唾　沫

皱纹的海是破碎的镜子
呼吸的水是山的情侣

名声与真相　像不合身的衣裳
诗人是善良的光　邪恶的黑暗

奴才与走卒　趾高气扬
像狗屁响彻云天

怕死的人怕死的公平
贪生的人恋活的厌倦

空气里岩石饥饿似铁
阳光下犬吠柔软如棉

一些人脸皮厚如铜鼓
喜欢恶语咆哮标榜个性

把老处男肚子笑大
装下幼儿园和几支谣曲

写诗并非变脸
你看野花　年年春天开得简单

夸大诗篇具有经典的全部品格
一种荒诞　如宣称圣洁的人从不大小便

听见午寐的天堂铃声
茶叶漂白摇椅的舌头　幻觉的夜晚

有人问光棍老了怎么办
妻妾成群　儿孙满堂　难道就不会完蛋

吟　唱

阳光的细沙　撒在水面
溅起少女浅笑的涟漪

积雪消融　音乐听耳朵
峰峦翠绿　画家吃颜色

把玉米种进云朵
胳膊剥下星光与汗滴

帆影泊在空中
绚烂的风是羽毛在飞

树叶坠落吊钟岩
秋天如醉鬼委地

没有婚爱的孤独
千年前辛酸的花朵　熄灭相思的剑客

咖啡的心事

咖啡让心跳加速
降临的黑夜淹没白昼

海水磨刀　鸥鸟闪烁
云帆像悬浮的心事

天空摊开手掌
江河是愤怒的皱纹

太阳泣血飞翔
黎明是痛苦的玫瑰

玻璃杯的苦涩与甘甜
搅动舌头的味觉　含糊的命运

叮叮当当

夜空荡漾苍老的风浪
星光像溅飞的几滴海水
神的眼眶滚烫

鲜花的月亮　黑暗的新郎
火焰的心脏　挤出血腥的黎明
大地的婚床　情欲忧伤

婴孩的啼哭　滴下村庄的露水
少年的牧笛　骑上耕牛的哞叫
围着水井疯长的草　叮叮当当

高过天空的海浪

摘一朵玫瑰　花园会疼
露珠会哭伤眼睛
美是枫叶的熄灭
芳香吐一把皱纹

冰块像融化的碧玉
月光似发绿的翡翠
鸟鸣打出羽毛的喷嚏
雷雨披上闪电的青衣

看重自己的我　也藐视自己
天地若浮云　人类如蝼蚁
菜花打滚的蜜蜂吐出甘甜
自由的创造　天国的精灵

病像影子拖着尾巴
强健的精神　如快刀斩乱麻
艺术奉献了美　宗教竭尽了爱

怀疑万物的价值　我忧郁而彷徨

向波浪学飞　与暖风相抱
种下的美人长成青草
不老的时光抹去晚霞
跌落的门牙佛性笼罩

梦想让诗歌骄傲　访谈让诗人荒唐
无辜的事物也被贴网上
我是高过天空的海浪
峰峦的礁石淹没太阳

光与影

阳光的金片　羞涩的玫瑰
月色的美好　处女的贞操

我　有病的穷汉　无爱的衰草
孤独是沉重的镣铐
锁住日月的心跳　血的诗行　黑暗的城堡

冷与暖

山峰撞得太阳出血
花如海　悄悄的黄昏绽放
天空的手指敲响晚霞
发丝缠绕风的新娘

我听见春天绿了
鸟的鸣唱是嫩芽的哭泣
纸鸢与湖泊笑得飞翔
樱桃的唇吻着精灵的玛瑙

闪电的鹰　撕开羽翅
大地的人　果实忧伤
冰冷的骨头从泥土的掌心碎裂
散落温情的往事与月光

星光的味道

鱼儿游泳　水洗澡
海螺吹皱沙滩
波浪披上鸥鸟

太阳嫩红的乳房
挤出阳光的奶汁
喂养云朵和羔羊

风把黎明抹脸上
森林举起天空
露珠走绿青草

树皮剥下飘零岁月
果子在枝头熟了
月亮之舌　品尝星光的味道

自　然

彩云像一块花布
披在天空身上

鸟鸣像些乱草
搭成树上的窠巢

绿的溪水嘹亮森林
蚂蚁细语蘑菇的童话

风把丛生的皱纹
抹在湖泊的脸颊

几片红叶
泡浓晨曦的香茶

咏　叹

星光吟唱童谣的花朵
神灵浇灌美德与信仰
当果实老去　金条变枯枝

骆驼是跋涉大漠的沙粒
血汗的经卷被时间吹散
留下糟粕的黄金　宗教的艺术

脚印落地　头颅悬天
昼夜的江山　翻阅冤魂和英烈
有多少河流跪下海的诗篇

雪天打马　白纸走笔　灵感做伴
放弃幸福吧　可耻的奴婢
在这个贫穷而富有的时代

独　语

结婚干嘛　人口已泛滥成灾
一个不爱的人　与你共眠
比亲吻癞蛤蟆还恶心难堪

独身是病　也是境界
让影子与我睡在低处
让灵魂把诗枕在高处

蛹

拿走丝绸的微笑
像摘下一朵鲜花
品味桑叶的芳醇
像抿几口香茶

心灵的阳光　冶炼甜蜜的金子
清寒的月色　抹满迷离的银粉
破茧成蝶的蛹
还沉睡在梦乡

没有声音　空气和舌头一样多余
没有你　爱和恨一样失意
夜空陶醉的空酒杯
打碎春天疯狂的情欲

六　行

从大树的皱纹掏出水
时间溅飞蜻蜓的涟漪

阳光的头发上　绿叶眨眼
女人是风　男人是刮风的枝条

星光鸣叫　灵感的晚霞
夜的手心握着恋爱的月亮

海　螺

海螺吹风
阳光流出一片海
叮当的旋律掠过燕子与云彩
波浪脱给沙滩　空气搭建舞台

天空掏出晚霞　手指叩响落日
群峰饮醉篝火　星子咀嚼海盐
海螺叨念白银的心事
夜幕低垂　酒在燃烧　血在上演

戒 指

想结婚的月亮
戴上戒指
装扮露水的新娘

爱情的戒指
找不够手指
如同黑夜的新郎
抱不起玉女

相思的马匹累得吐血
走遍绿草的婚期
藏好花轿与钻石

秋妆的河

秋妆的河　漂几片枯叶
扎个要嫁人的蝴蝶结
飘零的婚床　掩埋花期
蜜蜂在春天　新娘在哪里

河滩躺着阳光与沙粒
哑巴的鱼儿摆动星斗的细语
如网的黑暗里　河流孤独而深情
一颗心燃烧灵魂　为爱轰鸣

迷　惑

爱情的树叶掉光了吗
泥土梦纠缠喊渴的树根
摇晃的牙齿蹒跚
荡漾树的年轮

太阳是一块咆哮的金子
苹果是一颗含笑的湖泊
冬天是喝茶的季节
水都变成了冰雪

云朵升起炊烟
干柴点亮落日
荷花嫁了春水
蜜蜂没娶玫瑰

大山包的洋芋兄弟　荞麦妹妹
种下天空的枝条　黑颈鹤的啼鸣
乌蒙磅礴　把天空挤破

阳光吹雪　金银的婚礼可冷

奴性的人喜欢摆画皮的架子
主子是哈巴的镜片与鼻涕
匍匐的诗歌奉献了美
水里冰火交融　酒已经熄灭

红与黑

天空举着火把奔跑
烧着时光的草帽

鸟窝喊　大树快逃
森林伏下泥石与茅草

碧绿的山冈刮风
惊恐的鸟蛋尖叫

黄昏熄灭　掉下夜幕
淹没星光的雨　黑暗的咆哮

疯 呓

神造自然　赐万物生机
给人情感与思想　谁在高处观赏
日升月落　星空旋转　尘世悲喜

爱的国度　放弃海的贪婪　欲火的野心
饥者有食　病汉有药　孩子有童谣
高贵的草民　破锣的胸膛吼叫淌汗的玉米

峰峦与泥沙相爱　天空与大地亲吻
做一只低于生活的蚂蚁
听见黄金的梦呓　草根的细语

服从命运的召唤　才有庸常的幸福
偷袭的魔鬼制造癫狂
蔑视死亡、孤独和一切法规

我本贱民　亦精神的王者
苟全性命于疾病　不求闻达于盐津
以诗吹风洗脸　让时间疼痛　灵魂安谧

黄昏的哭

向天空瞄准
太阳是一个血泊的女人

晚霞生了露珠
秋叶飘零春水

听不见枪声
死寂的夜　垂下黄昏的哭声

五　月

甜蜜的夜　溜上枝条
五月幸福　摘几串桑葚

星光吐出樱桃的红唇
婴孩吮吸天空的乳头

工人顶天　农人立地
骨打造机器　汗种出粮食

草莽窃取英雄的冠冕
人心混乱　世道沦落

血是先知的牺牲
虚名是骗子的荣耀

让爱失去爱　水回归水
火熄灭火　盐说出盐

秦　币

一个王朝已经熄灭
孤寂的冷月
仿佛遗弃的皇冠

我看不见它的坟冢
一只清晨的蝴蝶
扑打着始皇的阳光与血

一枚两千多年的秦币
在星空惨淡地发芽
买不到它的黑暗与叹息

情　诗

黄金的骨头在天空燃烧
白银的雪花铺满婚床

蹒跚的夜　踉跄的星
酒高歌　血沸腾　灯明灭

雷的雨点撕开闪电
草的芳香弥漫云烟

彩虹给心跳的风松绑
湖波撩起峰峦的长发

哦　姑娘　影子缠你身上
我爱你　像扎根的阳光

绳索的刀口

庄稼咀嚼泥土的根
天空吞吐日月的愁

一条河站起诗的绿树
虫鸣与星光挂枝叶

影子与孤独同饮
心血的酒杯颤抖

半曲高歌破锣吼
新娘空掀花盖头

而我躺在疾病怀里
像绳索捆着刀口

感　悟

一万颗露水　喂肥草叶的风
一千只飞鸟　吹拂云海的佛
一百座雪山　圣洁皮鞭的江河

露水与雪　石头干渴
天空与云朵　翅膀饥饿

半饥半渴的我
有十个草原　九个湖泊

不生不死的神
有一片舌头　两片脚窝

几把琴弦弹奏星空
羔羊的信仰在流浪
人类的语言在闪烁

鹤的长唳

文字还在鸣叫
笔杆也没有疯死

脚下浪花开在空中
海的霞彩　血红的落日

一匹马拉走地平线
一群草编织绿草原

奔跑的露水　刺痛星空
湖泊垂下眼帘

枪口似的幽灵
追索失魂的猎物与云朵

倘若我一生不幸
这个国家都让人瞧不起

鹤的长唳　如孤傲的雪

抹下严酷的冷月　松柏的落叶

安　阳

江山易碎　马背上的宫殿
文字萌芽　甲骨里的细语

青铜照见谁的脸
掬起刀戈生锈的闪电

神奇的阴阳　灵验的蓍草
羑里一囚徒　演绎天地人

繁衍。众生追寻不朽的一种方式
著书。智者叩问永恒的另一种皈依

一束被缚的火焰挣扎
照亮囚禁的黑暗

小蛇吞象
一个王朝吞并另一个王朝

安阳殷墟
匹配滚动三千年天空的日月

年轻的时间老人
有一片参悟生死的长舌

滔滔尘沙　似大海的皱纹
剥落喧嚣的当下　露出终极的文明

乡愁与游子

芭蕉无语　绿色的思念化作枯叶
天空吹动飞雁与残霞
一棵老树挂着黄昏的马匹

流星熄灭　歌喉嘹亮如溪水
折扇的花香凋残了春梦
纸上风雨在夜的肩头叹息

乡愁的江河搔痒大海的鼻孔
一个人　一粒发疯的沙
一颗心　一滴燃烧的血

太阳能跑到哪儿去

树叶的指甲　草地的乱发
夏天淌汗　河水慵懒地流淌

核桃打开电脑　花生害羞
土豆在玩捉迷藏的游戏

阳光射出金箭　春天落马
草丛翻飞微笑的蝴蝶

夜空　谁吹奏的音符
大地仰望鱼群和歌声

虫鸣关注耳朵　我关注我
江山如氧气　命悬呼吸

白昼坐天　黑夜坐地
太阳能跑到哪儿去

先　知

诗歌让你死过多次
又阳光般永远鲜活
天空让我仰视良久
也不像盲人一样低头

太阳　当你堕落
黑暗也在飞翔
灵魂像疾病的面孔
脱下青春的年轮　褴褛的衣裳

未来一晃就成了现实
现实眨眼便成了历史
海站起来　让天空幻化草原
月亮是丢了羊羔的牧人

诋毁先知的土地有罪了
伤害他的暴徒将受惩罚
被爱遗忘的处子

幻想主宰信仰的神灵

撒豆成兵的童年渐行渐远
时间是游戏的硝烟与和平
深吸一口星球蔚蓝的欢笑
半碗海水泼下宗教潮湿的泪痕

残　句

比杀狗残酷的事见得太多
没长大就已老去

高傲的山　谦卑的海
以文字创造爱的神话

势利眼仿佛鼠目　空洞而浮浅
几片小偷的舌头　穿过爱情的铜钱

白痴们做了道德审判官
根据诋毁　影子和流言

那些缺乏良知的弱智
放肆地嘲讽我的慈悲

一些人给我制造暗疾
我给诗歌加点精神

你若生了霍金　钱学森
再来嘲笑我的独身

肉体会消逝　而灵感不会
棺木让死亡痛出泪水

词：四行乘二

蛋糕走路　累死在肠胃
桃花含笑　凋零给果子

包谷吹奏口琴　舌头无言
春风抵达秋天　恍若一梦

饥渴的大海　思念沙漠
边关的冷月　踩熄马蹄

诵诗的蛙鼓　肚皮敲打星空
乱草的枯井　蟋蟀磨亮美玉

随　感

写在纸上的美人与宫殿
洪水般涨潮　野草般枯败
江山有时是喧嚣的尘土
能把一个国家攮成哑巴的谎言

地球依然自西向东旋转
我却要它改变航线
让时间和空间倒流
让自然成为反自然

樱桃树不知自己可悲
结满红果供人品摘
它头顶天　脚踏地
走不出春秋的笔迹

大把年龄也不放弃理想爱情
空洞的时光感受孤独与荒凉
蠕动的虫豸炎热了树叶

盛夏的诗句脱下一颗颗汗滴

星星在天空行走　骏马在草尖追逐
深沉的石头　一张嘴唱老了湖波
沿唐朝的一路清霜回家吧
带着月光的冷　梦境的马蹄　酒香的骨头

杂 感

七匹老虎拉着河流奔跑
时光的风拉着波浪奔跑
跑到岩石飞翔　山崩日落
跑到埋伏森林的猎枪冒出冷月

天空漆黑如海洋　龙蛇发疯如神的泪痕
星子如豆　炒爆尘封的典籍与传说
翻开昼夜的人　文字升天　蝼蚁入梦
大槐树不见　乞丐与皇帝轮流做

九　行

树丛苏醒　月光歌吟
拔下几根群星的白发
鸟儿啁啾着冬雪的来临

一弯月旧了　爱情也圆满
一颗心老了　血液还年轻
闪电的水波是虚假的皱纹

柔软的草尖流淌乳汁
太阳的乳房挤出光明
咩叫的羔羊　无言的爱人

醉　意

一只鸟撑破晚霞
爱情的火把绚烂了红云
风的翅膀　静谧如月光
蟋蟀的鸣叫　涂绿了星辰

天空蓝得让人想飞
黑夜暗得让人想睡
草丛眨眼　吐出一粒海水
沙漠的马匹　牵走晶莹的恋人

酒一样的泉水
深埋岩石饥渴的酒杯
天空踉跄如沸腾的落日
群山蜿蜒如喝醉的蟒蛇

妇好墓

刀戈熄灭　枯骨化灰
游客的心跳　焚烧时间与和平

历史拴不好的鞋带
解开鞋的千古谜语

女将英魂何在　硝烟升腾
泼下擂鼓的残阳如血

岁月凝固　不悲不惧
足下的尘埃　屏住呼吸

生死已经统一　古今悄然重合
匆匆的旅程　复活遥远的记忆

老　虎

老虎的叫声是玫瑰
血红的玫瑰　让虎皮受伤
阳光浸透虎骨　涂亮虎眼
泪和汗　煮沸血管里的火焰

盐巴有力　抹去星光与河流
古老的神话　弥漫夜色与丛林
虎的牙抿紧岩石的嘴唇
咬得钢刀生锈　猎枪失语

无　语

枯瘦如柴的老人　还够烧几个冬天
太阳乱蓬蓬的胡子　拔了一根又一根

星光的足　走过夜的长河
绽放的飞鸟　神灵的花朵

天真的孩子　是罪人制造的天使
还是罪人制造的罪人

幼儿在哭闹　枪口在燃烧
世上多一些眼泪　比多一些血腥要好

大　理

山茶绽放洁白的少女
爱情凋谢枯枝的玫瑰

太阳瞄准姑娘的乳房
月光挪动念经的塔影

一朵鱼　还有一朵鱼
游弋在蝴蝶的泉水中

梳妆的风卷起波浪
像三月的情歌在翻飞

音乐淌满眼眶
从洱海的泪滴　复活苍山的渴望

仙 鹤

上帝的皮肤是绿草
星光是神思的闪烁

溪水在森林编织炊烟
蟋蟀走过的路　长满鸡纵

丢失了青春　怎么真爱
七夕的仙鹤　发来短信

执着而坚定地热爱诗歌
这就是人的谦卑和聪明

人间诗行

好为人师的傻瓜
让纯洁友情染上阴影
风刮净云彩
留下雷的骨头　闪电的枯草

同性恋与镜子是反义词
一个控制了生育
一个繁衍了人口
主宰世界的异性恋　以镜光为依据

绯红的苹果　是乳房在笑
太阳挤出汁水喂养飞鸟
乌蒙群山向着天空奔跑
追逐夜的草场　投入星光怀抱

风吹金沙　江河乐开花
波浪洗净流云　石头拿起鱼虾
桃果像三月挂在树上

摘下它享受甜蜜时光

影子倒下的地方是黑暗
灵魂站起的岩石是故乡
梦想越大　病苦亦大
生活放弃婚恋　以诗歌为家

花如海

花　美得让人窒息
花魂骚动　迷失花瓣的波浪
谁能让空气哽咽　呼唤春的死亡

风吹自由的花朵　海拥坐牢的礁石
一场无缘的婚配
离开爱情　喉咙也在唱

海鸥的羽翅　仿佛落霞在飞
海燕的鸣叫　仿佛花香绽放
在海边　我捡起春的残梦　海的衣裳

野葵花

拒绝我　影子抛下黑暗
被风碰落的露珠　阳光的种子
离开害羞的泪水
我怎能快乐地呼吸

我疯了吗
跟着太阳的刀锋旋转
容颜渴死　血浆泻地
孤独地咀嚼夜色的恋情　星光的愁绪

我在哪里

走出我的时间和身体
我会碰见埋我的人

我在诗的火焰里永生
骨灰撒给关河　浪花脉脉含情

我在哪里
夜的一半是影子　孤独的一半是亡灵

歌　喉

谁为爱泪流成湖
星光的嘴唇吮吸盐的沙粒
一只天鹅振羽为衣
一群游鱼留下皱纹的眼睛

白痴级的高人指点江山
天下已写和待写的文字皆已腐烂
生命耗费在与病魔角力
让偷写诗的人找不到侣伴

一个梦中被砍头的穷鬼
鲜血化为万千蝴蝶
飘歇没有仇恨的芳草地
溪水像乳汁在爱意里流蜜

亡灵才懂人生的滋味
黄连苦成红枣　鲜花开满荆棘
饮下醉人的酒与刺

触摸比天高的云霓

翠绿的群山　布满阳光的细语
河流白银似的喧哗而静谧
听不见石头里私语的虫鸣
太阳这只大鹏的歌喉　宏阔而神性

人与神

不要以为血骨化灰　一切都消逝
不要以为棺材是生命的终结
灰烬里有闪烁的火星
死亡里有发芽的幽灵

你要相信灵魂
人就一定有灵魂
你要相信神灵
上帝就一定存在

一个人也会有家

一朵花凋零　花魂腐烂
一口棺材发芽　胡杨枯萎

一窝鸟鸣叫　星光闪烁
一朵云拧出雨点　天空堕落

一滴水也会疼痛
一粒沙也会飞翔

一座山也会流淌
一条江也会喊渴

一个人也会有家
一群人也会孤独

一叶蝴蝶扑灭彩霞
一根火柴点燃大漠

一弯迷途的冷月　擦亮生锈的刀戈
一根黎明的针尖　刺破太阳的殷红

一声狗吠　峡谷受惊
鱼群和夜色游进石头的梦

荒诞时代

一个没有神灵
却热衷于造神的国度

一个缺乏信仰
而不得不盲目信仰的种族

祖国的庄稼在舌头上丰收
饥饿的胃　灌满空洞的口号

六　行

落日像一条咩叫的河
水都流了进去
天空变成草场　鱼和星的海洋

鸽子的船桨　拍打风的波浪
穿过云的光　黄昏老去
神的眼眸　沉默而坚强

花之爱

桃花　会结果的男人
玫瑰　有刺的女人
它们相爱若梦
相约错过的季节

时光蹂躏的花朵
芳香的死亡是孤独的情欲
凋零的花魂挣扎着欢娱
鸟背上的花园　羽毛锋利

让鸟扑灭天空和鸟笼
树根攥紧雷鸣　炸裂闪电的枝条
自由像枪口下滴血的大海
淹没礁石的云霞　处女的情话

青苔参悟水草的狂欢
岩石铭记星光的闪耀
鱼儿和浪花游走

瘦削的河流拖着污浊的尾巴

男人和女人拥吻着地球
桃花与玫瑰羞涩地凋落
美神泣血的爱与相思
嘴唇吐出颤抖的红豆

空无掌

在地狱也不堕落的人
被梦境凭空飞来的掌力击倒
我心潮起伏　四肢百骸麻木
一个恶鬼贴在身后吸食鲜血
我挣扎呼号　幻化猛兽狮虎豹
幻化金针和烈日刺痛空气
都无力摆脱它的魔道
慌乱间忘了救助上帝　也忘了六字真言
竟喊出颠倒的酒肉与佛祖
骷髅在耳边窃笑三声
让我醒来也惭愧不已
想必懦夫的臭名传遍地狱
不写诗　世间无人知晓
写诗至少自我陶醉
那空无掌来自魔或神　是试探吗
我不知道　我只知道我无法忘我
怎能修炼成什么仙灵
还是起床去买荞饼充饥要紧

结

女性的身体　我无缘的故乡
童谣的炊烟　笑脸上飘荡

太阳在飞　天空静止
蛙鸣在唱　星空多嘴

时间老人沉默　害怕闪了舌头
诋毁浪费干柴　泣血的文字焚烧

诵经的女孩　脚步掀动阳光的蝴蝶
一条七彩的河流　与阴影捉迷藏

觉悟的人　佛心悬月
迷惘的神　心乱如麻

谁是你我　相约今生来世
谁的爱恨　解开又割断的一个结

一个人老了

一个人老了　蜜蜂褪色了嗡叫
时光的花朵　白云般凋残
大风断绝飞雁　河沙干涸流水
半把皱纹布满名字　几粒牙齿漏出星天

一个人老了　他多出一条腿
多出了喘息　减弱的视力与咳嗽
衰老的血管牵挂着心脏
他的道路弯曲如死神的草帽

一个人老了　露珠遗失雨水　珍珠抛下玛瑙
阳光的经线编织树与森林　泥与青草
他的来路模糊　归途清晰
生死的镜面　打磨一生的光亮

一个人老了　狗吠喊亮油灯的记忆
蝴蝶吹散枯叶的羽毛
他的皮肤老过骨头　声音浅于脚印
后辈的搀扶　他欣慰的依靠与微笑

根即故乡

穿针引线的河流
鸡鸣打湿的露水
故乡　没有我的爱
雪莲开在冰峰上

夜空升起炊烟和蛙唱
牛背的星光悄悄走回昏暗的瓦房
哭泣的晨曦染红啼血的刀口
花朵与草的婴儿　咩叫的羔羊

心跳开始的地方　娘的胎盘
心跳熄灭的归宿　奶奶的坟场
把故乡写纸上　风景烧成灰
火焰绽放　心会伤

吃树皮的岁月不远
吃着吃着变成树不走了
老了就落叶　死了埋进泥土
扯不断的血缘　根即故乡

关上想，让梦去睡

草绿了半吨春天　几朵花香
蝴蝶在阳光下鼓掌

高处的露水　看见踉跄的河流
抱着天空走汪洋

刀剑锈蚀枪口的晚霞
鸟羽撕碎咧嘴的电光

风吹马蹄
碎成残骸与虫鸣

草根喊渴
黄沙有泪　落日无家

时间是空间的舞娘
星球是昼夜的伴郎

关上想　让梦去睡

孤独像影子躲进月亮

掏出心　浇灌灵感的血浆

山站起天空　树躺下海浪

赞　叹

欣赏美就是欣赏人本身
爱的天地　圣洁而慈祥

夜染白头发　睡进月亮的贝壳
彩云的马群　走进融雪的草原

托起露水的野花拼命飞翔
远方的羊　把盐粒啃成星光与项链

英雄豪杰像刀虎龙剑
喜欢残暴的杀戮与征战

和平高于海水　低于天空
埋进血污的泥土　擦亮史书的泪眼

天　书

天书有字　时间读　我不懂
火焰有梦　血之灵　耳在听

心跳不能熄灭文字的江河
更不能阻止岩石的落日

天睁开左眼。昼
地关上右眼。夜

亘古的神灵　高贵的创造
你可以怀疑　但不能诋毁

谜。快刀斩不断的乱麻
脑神经纠结光速的印痕

无语　恍惚　凝神
眼角爬满痴愚的皱纹

手可触摸原始的手迹

不能翻阅空叹的嘴唇

微　笑

身体住着野兽与神灵
星空管辖癫狂与创造

英雄的心脏　哲人的大脑
都会停止跳动和思考

无力破译自然和性欲
无法拒绝泥土和忧伤

远离欢爱的圣徒
诗歌自由　孤独缠绕

蝼蚁看见大树的影子
焚烧天空和飞鸟

卑贱者身居高位　神会冷傲
我和木椅有一顶破旧的草帽

震怒的大地　让黑夜晃动

一串脚印　踩到魔的微笑

爱与恨

因为美，我不忍看
难道我要抠出眼睛
一颗是血的爱慕　一颗是光的忠贞

亵渎与自残　埋进野蛮的黑暗
噩梦在你攥紧的掌心沉睡
是一生一秒　还是一夜一年

风　景

一只鹰　这黑夜的补丁
想擦去白昼

太阳的红棉布
包裹着彩云和几片鸟羽

风的皮鞭
抽打羔羊与露水

把群山驯成波浪
把天空变成草地

枫叶凋零
瞄准蟋蟀的猎枪

蘑菇是冒烟的农舍
闪电是鸣叫的爱情

蝌蚪游动小溪

口哨吹出谣曲

月亮的瓦罐

倒出星光的种子

蚊 虫

用脑袋漫步的人　不用皮肤思想
一只蚊子　占领裸露的右臂
左巴掌拍落汗珠的巨响

吸血的蚊子　把血还我
野蛮人　把命还我
空气窒息　文明无语

与肋骨语

无爱　有梦
玩文字游戏　不玩性游戏

以血汗养活卑微的自己
高贵得清贫而纯净

你恋我　像影子恋黑夜
我爱你　像土豆爱洋芋

天地的婚床　星光的红烛
女巫男神　如山河交配

凝　思

不信神的人　以为自己是神
信神的人　知道自身的缺陷

游进星空的鱼类和人子
懂得神是大海　神是辽阔的爱

俯瞰尘世的白鸽　超脱昼夜与生死
面对雷电与枪口　它的飞是自由的尊严

坟

我的一生有两座坟
一座是骨殖的诗歌
一座是空穴的爱情

飞翔的身体　错过死亡与繁衍
燃烧的野草　种下疾苦与梦想

我的遗言　幻听撕碎疯狂
我的遗容　星空打湿脸庞
我的真名叫永生　大地的坟　新娘的乳房

记 忆

春天打开蝴蝶　花朵放飞香气
孤独者心上住着神灵
诗歌是灵感的创造
星空是闪烁的奥秘

坐着树叶的蚂蚁涉过小溪
梦中豺狼咬伤我的大腿
自觉天生高人一等的家伙
比戏台上的小丑还会演戏

把空浮的黑云拧出雨水
乌鸦就打湿了黄昏
玫瑰是处女的羞涩
绽放新郎多年的瘾病

影子咆哮　虎牙癫狂
火焰的地球撕碎海水
身体的火车轰鸣落日的群山
驶出血的心跳　骨的钢轨

月

画一轮月在纸上
照见墨水的夜

写一个月在手心
攥紧温暖的亮

水里的月踱步
开花的泉歌吟

火中的月起舞
吹熄野味的唱

星子叨念月
乡愁缺一半

鸣虫亲吻月
血在心里烫

蝴蝶怒吼

阳光削皮　像虚假的爱情
时间的苹果　打开秋的甜汁

鸟鸣滴血　枪声腐朽
羽翅是自由的伤口

狂饮落日的人　跑进踉跄的天空
星星的脚窝　盛下往事的云朵

偷袭的雷鸣　滚进闪电的草丛
露水哭泣　风在颤抖

心灵忧伤　血管奔泻海浪
抹去暗礁的皱纹　蝴蝶的怒吼

春　梦

玫瑰的红足　散发异香
星光的嫩芽　萌动细语
泥土的口哨　吹奏树叶
庄周的蝴蝶　扑灭冷雨

我　孤独的苦行僧
有诗有梦有病
无爱无欲无性

虚幻的寺庙　高悬明灯
风吹经卷　暗笑众生

泪与眼眶

落日的空碗　盛下风的波浪
渎神的黄昏　穿起晚霞的衣裳

土地埋下骨骸　春天不会消亡
黑夜走进亡魂　羌笛吹奏故乡

星空如海　神灵如鱼
棺材里种子闪光

湖泊的草原　刀锋辽阔
血液的马蹄　心跳奔忙

没有消逝　就没有生长
没有凝眸的露水　就没有含泪的眼眶

手　迹

星光涌泉汇成夜的河流
七彩游鱼迷离花的眼眸
哗啦哗啦　金子碰银片
叮当叮当　珠宝串项链

水喝水会渴　酒饮酒不醉
从生到死　不过灵魂的一次历险
像一张薄纸阻隔阴影与光线
留下血的手迹　火的遗言

看　见

人生如花开　人亡如灯灭
皮肤上的白　能托起多少朵雪
身体里的血　能点亮几盏黎明

饿狗追咬着鸡鸣
星星抱着夜空死啃
春天淡雅的唇　拥着芳香的吻

孕妇的肚子挺着西瓜
羊水里的婴儿　啼哭的瓜子
世上的刀　躲闪着你

幻　听

幻听焚烧我多年
风吹熄时间的灰烟
思维磨砺火焰的钢刀

粪便的耳朵　猪狗交配
小丑穿上美女的外衣
蜘蛛爬上太阳的房背

王子痢疾　公主鼻涕
肚脐眼的蛔虫
嘲笑牛皮的手指

放屁流氓通奸淫荡娼妇
饮血土匪抢劫吃俗僧尼
发疯的竹竿送不走一群瘟疫

聋子的音乐伴奏哑巴的歌吟
瞎子看见地狱闪光的金币

遛虎人滚进星空的梦语

魔的镣铐　拖着赤裸的灵魂奔跑
天地如牢狱　身体如病房
留几行诗歌　给无爱的人吃饱

诉　说

玉米的乳房　剥落金黄的奶汁
喂养秋的游子与虫鸣
打开圣经的浮云　母亲复活在哪一行文字

坟上的苇草　像她少女时代的辫子
摇曳瓦房的炊烟　田野的犬吠
妈妈　我依然独身一人　与病相亲

鸦巢是天空的布鞋　穿着飞翔的足
被单是睡眠的梦影　散发罂粟气息
吸毒的诗歌　弥漫虚无的婚期

梦的彼岸

梦见光亮的峰峦与云天
闪现妈妈慈祥的面容
我像一个哭泣的小孩
不停地追喊　妈妈　妈妈
她怎么听不见
仿佛距我越来越远

一群人路边笑我
“这人太幼稚
离开久远的童年，还离不开妈妈”
我没有羞愧　灵魂长跪妈妈坟前
让我收藏那些隔离生死的时光吧
妈妈　孕育我的神灵　就是您

疯人老了

感恩我活在春天里
蝴蝶钉在氧气中
风吹虫鸣　露水在听

没杀人怎么能叫精神病
误人的庸医如是说
草摇曳阳光　我皱纹落地

秋风吹

把牛羊吹成沙粒
把湖泊吹成露水

把白骨吹成草根
把落日吹成虫鸣

一腔血烧红古堡的天空
一柄剑锈蚀好汉的黑夜

晚霞　数千年佳人的浅笑
醉月光的酒壶　拉顽石的泪滴

呓语或真相

网络红人陈冠希炫耀众多侣伴
泛滥的性比无爱的人更残缺
黄圣依跪拜赵本山为师
我发现美和艺术的双重遗憾

疯子找不到老婆　大师弄丢了诗坛
诋毁与褒奖与我何干
一串串口号山呼万岁
短暂是谁的皇冠　永恒是谁的江山

从未流泪的人　可以嘲笑我的泪
从未淌血的人　可以挖苦我的脸
善良的枝叶　悲悯的根茎
攥紧尘世的罪与美　花与盐

勿以虎的谦卑冒充猫的伟大
勿以岩石的冷傲低估山的胸襟
别把小丑的谎言当成甜米饭
别把诗歌的雄心当成有毒的猪肝

春天的蛇

上帝的设计很美妙
人有生死　天有星光
发情的小兽有芳香

蝴蝶飞落化枯叶
雨水滴答变河流
日月沉浮时间的脸庞

脚走动　土扬尘　心蹦跳
蔚蓝的瞳孔含着泪与海洋
阴谋的空气散发血腥的忧伤

爱着肋骨是灵的孤独
爱着树叶是性的觉悟
伊甸逐出堕落的夏娃与亚当

人这一堆干柴的热情和欲望
听见魔的叹息　神的信仰
凝固黑夜　烧烫白骨与血浆

爱与血

山楂树下　有两个人
太阳与月亮　白昼和阴影

一辈辈的星光　谈不完情话
一代代的海水　舀不干哭泣

海螺吹奏天空的碧浪
云朵飘逸羽毛的笑意

世间的纷乱　源于人太痴狂
诗歌谦卑　教人梦见天堂

蚂蚁搬动枯叶的宫殿
鲜花绽放轮回的蝴蝶

风能听懂草绿与虫鸣
眼里噙满光明与沙粒

宗教并非思想的匍匐　灵魂的自慰

仰望上帝的爱　无疑是天国的血浆

舞　语

洱源　孔雀和海的故乡
树上的梨都脆甜地舞蹈
九月的灯笼　擦亮牙齿的歌唱

夜空打开花朵的欢颜
把彩云种下星光
眼角的寒露　鸣叫无边的生死与飞沙

激情的风吹瘦身影　线条如蛇的自由
任你千娇百媚的焚烧
终归一捧轮回的红尘

精灵表现美　谦卑而仁慈属真神
渴饮落日的雄鹰　滑翔大理石的湖水
草芥的人　凭什么点燃狂傲的野心

印象或真实

露水飞起来
星光捉住虫鸣

落叶飘零
树丢了嘴唇

花朵像雄狮
披头散发地怒吼

落日的鲸鱼
扑腾着闪电的大海

湖泊收藏云的寂静
风抹去沙的皱纹

天空的葵花向阳
旋转着黑白分明

时空污染

人类巢居星球

生死轮回

众生魂归何地

墓　园

一群烈士　在沉寂的墓园长眠
枯叶飘落　骨骸的梦悄悄苏醒

露珠哭泣　吹熄风说的往事
后人的脚印　敲打大地的心房与肉体

几把生锈的刺刀　埋进血腥的泥土
聆听草根的细语　星光的枪口　黎明的笑意

练习曲

黑夜像个铜锤
敲打山冈

乱纹的星空
幽灵晃荡

玉米和大豆吵嘴
剥开熟透的黎明

炊烟缠绕发辫
鸡鸣啄咬秋虫

干柴着火
铁锅煮沸猪食

岩石眼里的河流
挤出水滴和沙粒

井里的蛙唱
喊绿了舌头

一只旧碗　半个木桶
舀起天空和云雨

无　言

闪电撕裂痛苦的光芒
河流抽出柔软的袖剑

蝴蝶的镜子　翻动花朵的脸
虫鸣的春天　掬起露水的爱恋

驼背上的沙漠
数不清血的心跳与寂寞

咸湖空荡的破碗
敲打星月的银圆

我是天空　看见了天堂
你是地狱　逃不脱黑暗

叹　息

浪花的春天像露水短暂
开放就凋谢　飘零就永远

马蹄破碎　带来心碎的王子
蝴蝶飞天　哭泣的爱情失落了江山

落日的皇冠　高悬草原
皮鞭抽打金币　轮回的苦难与时间

宝剑割破风沙与羊皮
草根焚烧鹰的枯骨　夜晚撩动玉的媚眼

颂

风的呼吸捧出鸟的弧线
鱼的乳汁喂养水的姑娘

甘泉幻化沙漠　月亮变成石头
太阳流不完的血　浇灌鹰的怒吼

刀客醉饮妩媚的草原
裸体女郎在马背飞翔

静谧的野花　乱坟的山冈
萤虫诱惑情欲的天堂

上帝或魔鬼　心灵的镜光
照见交汇的昼夜　善恶的思想

私　语

天空。一只中枪的大鹏
你听不见枪响
看见血的伤

飞累了白天　歇在晚上
星光的汗珠
洒下童谣与遐想

一滴水渴死河流
落日叹息　处女的玫瑰
大海招魂　彩云的婚床

诗歌可能成为笑柄
爱情不会得到新娘
我和岩石沉默　看见铜臭的光芒

情　郎

盐在血管里走
把身体走成燃烧的海
把冰川走成寒冷的波浪

白昼结晶　雪粒飞过山冈
死去化水湿草
复活星光与酒香

漆黑的夜像个哑巴
影子躲开我
缠上爱情和月亮

太阳是羞红身子的新娘
天空是宽敞的洞房
我是无家可归的情郎

怒　放

飞鸟是天空怒放的花朵
枪口的夜燃起星光的篝火

针尖上的血　惊叫着坠落
羽翅扑打　残霞的泡沫

峰峦的落日　掠过永恒的大海
还有你和我　爱的坟墓

水的伤口

水的伤口是一面起皱的镜子
照见花的前生　鸟的来世
相逢的爱汇成光的河流

水的伤口愈合时间与悲喜
黑的是星与夜
亮的是血和昼

红的一粒风沙　灼烧晚霞的天
鱼的两行咸泪　饮干脸颊的海

轻 烟

蝴蝶的闪电　星光的虫鸣
拥吻嫩绿的青草　赤裸的露水

烛的相思成灰　卷走眼眶的幽怨
泪掉光了　眼睛咋办

马蹄埋下温情的火种
吹送缠绵的霞彩　婚床的春天

这些词语　意象和声响
在词的锋刃化为轻烟

杂感

月亮像块冰糖　搅动浓稠的汤药
盲人是黑暗的泪滴　点亮萤虫的忧伤

当你落水　像一条河掉进另一条河
当我长啸　舌头鼓荡风的翅膀

花生怀着双胞胎　草莓掀动红旗袍
绿叶张开小嘴　说着露珠的情话

煮汗成盐　熬血成蜜
一个不幸的人碰见诗歌　在幸运人眼里更加不幸

什么样的诗　我都包容　未必喜欢
什么样的人　我都理解　未必赞赏

端　午

端午节我没吃粽子
远走的屈原在离骚复活

朗诵楚辞就是怀念先生
晋谒楚王就是叩问黄土

与时间赛跑的龙舟
鼓角敲打一条江的乡愁

天空的烙铁　吱吱冒烟
湘妃的翠竹　彩云的衣袖

亡秦的三户　超脱生死与虚无
皇冠的太阳　饮下神话的浓酒

白昼醉成黑夜　汉字呕出诗歌
香草美人　珠宝视为粪土

爱的寂寞

站起的海　身体翻涌波浪
血的太阳　沉沦爱的月亮
当浪花串起鸥鸟的羽翅
贞操的白昼是新娘的教堂

病苦　老苦　相思苦
幻灭的生死比心跳苦
割掉舌头也要吃饭
丢了语言更要怒吼

古树向天涌泉　森林升腾湖泊
唱歌的山羊碰响散落的珠玉
沉默　沉默　人与自然的至高境界
马蹄达达　谈笑草根的寂寞

池　荷

池塘　一朵朵小跑的荷花
把涟漪挂上秋天的虫鸣

那么多的金鱼游弋时间
那么多的虾米炒爆星辰

那么多的露珠美得伤心
那么多的莲子白得透明

手指的骨笛　吹奏荷叶上的落日
荷花无言　像哑巴的爱情

冷太阳

夜的肋骨　敲响黑狗的吠叫
一棵果树　挂着冷寂的心跳

神灵豢养的人类　在星球存活
我梦生的儿子　一条小小的蛇虫

肚子饿　吃饭是真理
不读诗　头痛属谬误

下凡的神灵　在尘世修炼
有的神灵成了凡夫　有的凡夫成了神灵

谦卑的我　问苍生　也问鬼神
天主日月　谁主沉浮

海坠落　像树挣扎着飞
一只鸟　从枪口熄灭　吐出喷血的灰

因为海　焚烧母爱博大的皱纹

因为火焰　粗野的太阳会变冷

大山包

羊群像会走动的土豆
踩着草根的细语
土豆像没长腿的羊群
埋进泥土的梦乡

彩云　大地的羽翅
含在湖泊的眼眶
翠鸟　天空的精魂
瞄准枪口的忧伤

河流诉说星光寒冷
晨风唤醒苦荞的芳香
血的天空煮沸黑的仙鹤
酒碗吼出歌喉　空谷像个音箱

云雾缭绕的大山包　一群乳房飞翔
鸡公山的啼鸣惊动乌蒙的阳光
我在乎时间的态度　自然的沧桑
无论悲喜　铭记或遗忘

悟

维系生活的不仅有爱与善　还有恶与恨
照亮这星球的不仅有白昼　还有黑夜

草托举露水　要去哪里
刀磨快海洋　卷起浮云

升腾的太阳　眨眼是沙粒的一生
滚落的月亮　闭眼是羔羊的一梦

空空的大地　寂寞的群峰
一无所有的我　永不醒来的谁

碎　语

世上太多饿了吃饭　冷了穿衣的人
奢谈精神与高贵无疑是笑柄
地震像摇篮　我觉得好玩
天子真是天的儿子　也在人群里面

没吃粽子的端午节
灵感的楚辞翻动投江的屈原
不读书不登山不饮雄黄酒
我会对这血腥世界充满埋怨

那人每次见我故作朗诵地啊一声
嘲弄了谁？我视他作抒情小丑
光棍没调戏你老婆，更没勾引你女儿
流水里听见犬吠　为何给我编造青楼的谎言

龙种也会生出跳虱　草民无非继续长草
结婚的蚂蚁嘲笑傻瓜的孤单
诗的马蹄跑出天空和草原

我的舌头预言浩劫与灾变

我沉默　像金子不闪光　太阳滚下山
岩石和云朵挂上鹰隼
人世的烦恼如乱麻
我是大海捆绑的波浪　触礁的闪电

牙

天上那么多牙　它吃什么呀
啃着天空的黑夜　咬着月光的手掌

偶尔被鹰的时间刺伤
掉下一颗　折断了翅膀

扑打海水　连海也想飞翔
躲进口腔　我牙床摇晃

大街的乞者

乞讨的喇叭播放噪音
可怜的人　如果没有这凄厉的欢快音乐

我会给你　给你一粒玉米
一个铜板　或者一张干净的纸币

蚁　语

大海推动海浪　包谷种出米花
木讷的天才　选择天才的木讷

佛觉悟了自己　吐一点爱给众生
仇视病苦　孤独与癫狂

当诗歌喑哑情操的舌头　生活的根芽
精神的纯粹　文学怎有温度

不仅蚂蚁像人　而且人像蚂蚁
不仅人像蚂蚁　而且人本身即蚂蚁

小鱼虾子岩壁攀缘行走
瀑布是它们向上的河流

枯萎的剑　锈迹磨砺落日的喊
青草疯长　藏着马蹄欢笑的容颜

我捡起星空的蛙唱

露珠的亡灵　蝌蚪的预言

神与人

神造的人　比人造的人古老
人造的人　比神造的人虚幻

这是道德为奴　黄金做主的时代
一片树叶孤单了另一片落叶

繁衍的季节　草木天空开花
追求自然的美　顽石内心深刻

也曾怀疑西夏王梦验预言的死期
不意梦见自身的终结　梦神的玩笑或谶语

醒来我已忘记时间　像露水遗丢沙粒
神因有爱而创造　人因有爱而站立

神游天路

天空的蓝　蓝到心里去
悬着日的天书　星的灯盏

羔羊的屠刀　挂在夜晚
马蹄染绿　炊烟良善

毡房的乳头　挤出奶汁
水饮湖泊　云养容颜

贞洁的野花　春天的痴恋
珠玉含着眼里颤抖的爱

唱歌的手指　抠出云彩
词的掌心淌下谱的甘泉

风挤落虫鸣的露
草根触摸干渴的沙土

牧鞭的虹　擦亮闪电

精血交配　神迹天路

走　笔

风呼吸炊烟　火温暖瓦房
鸡鸣凝固乡村时光

蹒跚的河流走向远方
口袋里揣着天空和鱼虾

花是蝴蝶的衣裙
春天洗净又穿上

蝴蝶是花的幽灵
枯叶仿佛关闭的天堂

诗歌的海水煮盐粒
阳光的丝绸染金黄

一切赞美都是浮云
爱艺术就自由地创造

雪峰与白云做爱
生下圣婴的羊羔

咩叫和泪水　好像锋利的屠刀
刺伤天使的飞翔

活着　爱世上的花草　就没有失败
死去　住泥土的房间　永恒的遗忘

活　着

塑料花嘲笑吐绿的芳草
孤独的血浇灌疯病的诗稿
谁偷偷娶了美玉
生下黄金的儿子　女儿的珠宝

指尖的雨点放飞爱的手心
赤足的阳光踩过情的头发
无论悲喜甘苦　人都活着
树更替春秋　神呼吸昼夜

疯人诗行

太阳　沐浴天空的赤子
脸的光环挂着飞鸟和微笑

星光点亮夜的黑暗
神话走进梦与睡眠

露水太快　草根慢下来
世界太复杂　生活简单一点

人们忙着挣钱登天
谁爱听一个疯人唠叨诗篇

风吹的灵在字里行间游荡
死去的肉身　不朽的情感

龟

龟一样的女孩
胆怯的脑袋缩进甲壳
怎能套住爱的绳索

我以诗歌敲打背壳
你呼吸柔软的河流
你绽放彩纹的云朵

如果屠刀是花轿
轿夫是磨砺的顽石
新娘泣血　命吹灯

殷墟的文字　沉睡数千年
是你忠贞的见证
还是我胡说的情语

沉　默

夜空。一杯黑浓咖啡
谁饮下满天唾沫星子

从睡眠醒来　像死去又复活
月光和爱情　不发一言

醉

鸟　天空的种子
炸开星光的飞

霞彩发芽　木头初恋
情欲的岩石化春水

山茶五颜六色的泪
把自己哭得粉碎

蘑菇造房　躲避爱情
乱草长满皱纹

掬一捧阳光的芳香
根系与我灌醉森林

刮你的风

美丽的姑娘　跪着的风景
诗歌像风刮你

涟漪的花朵　微笑的彩云
掬起灵犀的羽毛　绽放的脚印

叮当的星辰　露水的情语
收集蘑菇伞下的虫鸣

蝶呢喃　草青春
枯荣是季节分娩的轮回

大地之上　爱是暂时的家
泥土之下　死是梦的永恒

畅　想

鸟　肉飞机
收拢大树枯荣的翅膀

鹰　黑夜的橡皮
擦拭波浪的风衣

河流是迷路的闪电
时光打开玄鸟的剪子

血泊是身体的咆哮
敲打奔跑的骨骸

处女的太阳　天空的红痣
星光眨眼让爱情伤心

扎根地球的蔚蓝与睡眠
我是一滴做梦的海水

破碎的海水

苹果阻止不了梨的香脆
玫瑰无力扼杀荷的清幽
焚烧的海水　怎会拒绝美

天上的柴火　点燃看不见的森林
时间如河流刮过星球
谁能把它吹熄　留下叹息的云烟和骨灰

油菜花丛　叫春的野猫苟合
吃素的风　嘲笑卑贱的肉欲
就像艺术的人类　繁衍一代代的蝼蚁与尘埃

海是个女孩

沙滩上　有一只海螺
吹出云彩和风帆
走进飘逸的天空深处

海其实是个女孩
湛蓝的眼睛　白鸽的胸脯
抱着自己昼夜痛哭

浪里的鱼虾　为何伤心呀
在海边　人想变成水滴
就不会口渴

堕落的海鸥是枯叶的飞翔
埋葬翅膀的坟墓
枪响的黎明　惊醒泣血的贝壳

飞　翔

向上生长的树　挂着雷鸣的果实
衰老的自己　开始向下生长

白头翁　戴着雪头巾
昭示岁月的伤痛和寒凉

麻雀不想学飞机　肉身变钢铁
肚子里装着人　在天空游荡

死是地狱　生是天堂
月色是月亮会飞的衣裳

鹰的翅膀　撕碎蝙蝠
夜的河流　淹没星光

我照镜子　我是我　镜光是镜光
当我离开　镜子里的我去哪里飞翔

西　域

风把狂沙刮成乱草
星空下的毡房　牧鞭温情的家

饮血的刀剑　锈成天山雪
马蹄悄悄　骨架埋地下

落日熄灭　头颅低垂
江山易主　失意的英雄不说话

吃泥的草根　悲愤地颤抖
露水的海　跌落门牙与泪花

时间那里　虫鸣细碎　月亮沉眠
人在天涯　梦在笔下　灌醉一把破吉他

枯　叶

海　水的皱纹
山　天空的眼皮
日月　生死的脸庞　昼夜的镜子

诗歌　纸上的晚霞
我　哑巴的鸡冠　咆哮的豹皮
抖落鸡虱　蝴蝶与虫鸣

命

星球萌芽　呈现艺术和生命
水珠溅落信仰的黄沙

骑上马背　拥有四条腿的爱情
走过远山　叩问两只脚的森林

地下草根　心灵埋下情语
原上野花　少女给我初吻

发疯的太阳撕碎光明
天空之王　痛苦地自焚

夜的剑柄在手掌
掌纹攥紧闪电的印痕

空荡的天穹像海洋
大地悬浮如挪亚方舟

偷生的人类如影苟活

挣扎着繁衍　躲闪着死神

俘　虏

太阳是神灵头顶的沙粒
星子是夜空足下的虫蚁
雪峰为何高贵圣洁
嘲笑我的卑贱与劳累

水珠怀孕　生下河流
渎神的时代　人类如同小丑
善与恶写上黑白的面具
掩杀多少血腥与世仇

霞光装进天空的竹篮
漏下水波和雨点
彩云是上苍的爱情药方
医治孤独的病人和诗行

有人梦想在艺术上超越前辈
如同掀翻一堆堆垃圾
衰老的我只想做少女的俘虏
美丽把我捆绑　贞洁把我灌醉

爱的心脏

鸟其实飞不高　雨和空气滋养翅膀
阳光躲在高处　黑夜降临眼眶
树都成了枪杆　森林里哪有豺狼
我的手像闪电　晃动天空的脸庞

自由咆哮　从破碎的虎皮到锃亮的星光
一口锅煮着米酒和肉香
沸腾的象牙挂天上
诵读云的咒语　佛的安详　血的忧伤

落日成了眨眼的枪口
鱼和羊在彩虹的牧鞭飞翔
仙女们饮下炊烟　从胸口掏出乳房
草尖的露水是爱的心脏

留　下

天空打开黝黑的脸庞
沸水煮着星子的明眸
赐我爱的热情　圣洁的美好

创作偶尔玩文字游戏
宣告每个字都呕心沥血
我怀疑大师的诚实和善良

问天天不应　喊地地不灵
汗水的文字能走多远
要靠灵感和机遇

我只表达清楚的东西
像光与影　生与死　繁衍与爱情
一串雷的轰鸣　留下闪电的足迹

圣诞诗

花朵凋谢　女人在爱
果子坠落　鸟儿在飞

一滴泪哽咽一条江
两行春天汇成苦涩的海洋

蜜蜂嗡叫　像长刺的太阳
甜蜜的云朵打开黑夜的星光

地球像神灵旋转的头颅
孕育生命和思想　葬送蝼蚁和死亡

虚构的爱

天空的口袋　装着星子与童话
圣诞的礼物　漏网的雪花
树与少年　赶着车与牛马

霞光奔跑　路是蹒跚的黄昏
心跳的快乐　像风吹荡
衣衫的鼓面　皮肤擦亮烛光

落日磨老了骨头　血还年轻
春花打开身体　鱼儿汹涌海浪
裸体的婚床　月色和水绽放

颂　诗

冒烟的枪为生锈的刀叹息
刀自语　我依然嗜血如命

蔚蓝倒进清流的怀抱
猜猜沙漠的焦灼　冰寒的羌笛

草原射出精神的马匹
诗歌追逐天造的日月

既然风云碎裂
你怎知天空不是铜镜

既然精卵是人类的种子
你怎知空气里没有幽灵

如果爱情是海
一滴水也会淹没自己

你我呼吸都是氧气
大鱼饥渴都是虾米

舌头和盐灼烧黑夜
天空眨了眨眼皮

花谢花开　有人轮回地活着
草枯草绿　有神遗憾地死去

伤感

黄昏的坟张大嘴巴
仿佛想吞下我与星辰
夜色在眼眶滚动
挤破葡萄的甜汁与泪痕

结婚的人　拥有幸福的水珠
生儿育女　汇成劳累的河流
生命降临　终将梦醒
留下如风的灰烬或水纹

乱　草

天空被太阳统治　白昼笑了
夜晚被星星焚烧　月亮哭了

蚊虫是夏天的礼物
皮肤嗡叫　血浆苍凉

小鸟唤醒忧郁的翅膀
鲜花绽放寂寞的奇香

头颅里爆炸的思想与细浪
诗句的羽毛飘谢胸膛

死亡　泥土埋葬的疼痛与绝望
乱草疯长　欲坠的天　溅飞汪洋

生命的法则

身体里有野兽
给它一片树林　听不见咆哮

眼眶里有神鹰
给它一片天空　抹去泪的枪伤

血肉里有绵羊
给它一片草原　吐出露水的吟唱

脏话污染舌头　刀片冻结冰块
和平能肢解核弹吗
人性恶的天平　能称几粒善良

有人问诗人的排泄物有几个诗分子
我说诗来自大脑　不来自粪便
精卵的相逢　来自生命法则
还有上帝的悲悯　草木的情欲　创造的灵光

秋　景

风景很美　人很穷
风景食人　人岂能食风景

多少人像虫蝶一样生活或凋零
沉默的泥土　把语言吃剩下枯骨

棺材会开花　板凳想屁股
瘦树披挂着天空　落叶是腐烂的眉目

病鬼的乌云

活在一个小地方　一个耻辱的伤口里
像波浪一样爱恋　像流水一样安宁

鲜血喷上天空　峡谷的早晨
疯呓蹦出嘴巴　傻瓜的爱情

星光是少女的贞洁　绿叶点亮灯盏
鸟鸣是闪烁的花轿　珠玉嫁给彩云

半城美人　半城花痴
老人　小孩去了哪里

满天迷雾　遍地雷电
岩石和暴雨　埋下死神

汉字　祖先赐给心灵的慰藉
艺术的鞭子驱散病鬼的乌云

佳人与虫鸣

英雄饮血　刀剑铭记牺牲
大漠枯干　吐出流星与浮云
淌汗的竹简烤干泪水
熄灭的火焰读着灰尘

那些花儿点缀原野
那些枯骨咀嚼草根
虫鸣这些千年前的情语
说给今晨的露珠与佳人

汤

弯曲的河是蛇的幽灵
魔术般变换时光与皱纹

夜是害羞的蒙面人
思维里的字　被舌头写进空气

雷攥紧拳头砸向天空
闪电发光　岩石沉默

露水摇醒早晨
蚂蚁难泅大海　只在树叶上游泳

羔羊把白云的奶汁搬给草原
遗忘牧鞭的嘶鸣

一个老人为自己的渺小感到焦灼
胜过一生狂草的迷魂汤药

我写下的诗句让时间饥渴

大地辽远　它们想飞高

凝　思

一朵野花挡住眼睛
青草沿皮肤和毛发跑进身体

血爆炸飞升　黎明和黄昏收藏心灵
岩石的骨骼　撑起天空和彩云

祖先的头颅　埋下大地
落日的遗言　淹没海浪与峰峦

我看不见　你看见什么
生死之间　爱像泪水　咸咸地凋零

大　师

你别想读到他的作品
从不写作的大师　著作等于口舌

他半个字没写　汗粒数不出灵感
大话却一句也不羞愧

他的著作　大多装进脑袋
装不下的塞进肚皮

敲醒脑袋　瞧瞧
是豆渣　还是脑浆

打开肚皮看看
是草料　还是杂文

落叶情语

虚幻的爱情　美得看不见
用想象触摸　血涂亮火焰

星如烛　点染夜空的婚床
一根火柴　吹动黎明的鸡冠

啼鸣的露水　扑打绿草
蘑菇伞撑开风的容颜

像蚂蚁上树那样爱你
一点点蠕动着缓慢

情话的沙粒　爬满天空的耳朵
舌尖的盐　敲醒落叶的碎片

秘　密

人类是上帝堕落的产物
情欲和性别繁衍着秘密
鲜活的美女有冷艳的汗臭
佳丽的照片无风景的奇异

贱民和帝王的灵魂一样高贵
乞丐与富翁为何不平等
汉字的江河在纸上流淌
泪是挂在眼眶的海水

你给我的诗提过建议
我夸过你小孩的淘气
我没说你那小孩是我的杰作
你怎说我那诗句是你的笔迹

有人鼓掌　手像浴血的刀刃
有人诅咒　舌头比牙齿暴戾
真理和正义　昏睡在权柄下

贪婪的风　摇曳五色的彩旗

天空星辰依旧　大地沾满泥尘
季节轮回　昼夜旋转　生死更替
时间吃掉一切　又吐出来
把发生的悲喜善恶　悄悄铭记

冰与雪

我用大雪洗澡
赤裸的大雪给赤裸的身体洗澡

冷是一条河　纯洁是一丛浪花
我的脸盆　是冬天的海洋

没恋爱　也能写情诗
没杀人　才敢写杀人

你温柔的美　在我的癔症里
结成一块刀口上的冰痂

几点感想

出产岩石与河流的故园
缺乏怀旧的乌篷与乡愁
作为盐津人　我就在盐津采风
昭通的风　给昭通人采

诗歌的敌人　时间的长舌
我一生的宿敌　读心的疾病
朋友在草丛吟诵
呼啸的灵魂　唾沫的嘴唇

孤独的人　空房填满光亮
冷漠的灯泡　仿佛阴柔的乳房
让它们吵闹　嬉戏　相爱
给我的寂寞　以透明的温热

好好的人不做
要属相什么鸡鼠猴狗
属龙不见飞天　属蛇未必邪恶

属猪的吼不出虎的咆哮

理想社会的人不贪婪伪善
共产党人追求的自由　平等　真理
人类终极的信仰与皈依
并非血腥与阴谋的誓言

小　诗

拿走森林的微笑　山的脸多么苍白
不见鱼的流淌　污染的水多么饥渴

一群闪烁的蚂蚁　把家搬上月亮
九只雄鹰想扑灭阳光

血管里奔跑的火焰与尘埃
把天空烧成焦灼的晚霞

你是露水打湿的一棵草
挽留不住春天与蝴蝶

我是骨头敲响的一粒沙
剔除了肉欲和头发

过客匆匆　谁醒谁醉
夜吐出舌头　星张开嘴巴

和　尚

梦见雪域的女儿
草原的圣婴　脚步搅动水花和祥云

看不见的精灵　天空里飞
羽翅挂着呢喃与星星

太阳把花朵咬得五颜六色
吹白雪山　晒黑冷夜

信仰粮食　水果和蔬菜
怀疑罪恶　肉腥与情欲

酒与罂粟　幻境的享乐
分开它们　像分开男人和女人

狼学会吃草　羊酣睡不醒
念经的露水　疼着大地的心跳与体温

汗珠或鸟羽

人类创造的物质和精神财富
让人类成就伟大　或许也让神灵惊叹

对爱情的一些想法　不说是病
说出可能是传染病

努力啊　苦苦挣扎的民众
慈悲让生活有味　良善显得矫情

人生　一场荒诞的闹剧
笑或不笑　都是悲哀的面具

诗歌唯一的敌人是时间
我的敌人是狂躁的癔症

蔑视那些把权力当商品交换的人
让腐败的宫殿作青草的废墟

海想见我　急得快渴死

我只好挥一挥汗珠　不带走一片鸟羽

葡萄与樱桃

夜　黑葡萄的味道
晨曦　一粒红樱桃

和尚撞响浮世的钟声
寺庙喂胖会飞的小鸟

陶醉的爱与美
拒绝佛经与舍利

焚烧的性欲
绿化远天的湖泊与芳草

童 话

要读懂纸上发光的字
要听清天上的月光和星星

让流水给大地缝补嫁妆
让夜色遮盖鱼虾的婚姻

摸摸自己温暖的心跳
不要嗅尸骨的冷艳与芳香

让露水说出血的洁白
爱神点亮童贞的烛花

骨血与掌

鸟的哀鸣　是子弹的伤
吹熄人间的羽毛
折断枪口的翅膀

杀生吃肉的人　还没忏悔
想吸骨血的蚊虫都来吧
巴掌的黑暗　扑灭一粒粒腥味的太阳

诗　句

在废话的河流　捕捉金子的诗句
像渔网捞起游鱼

从泉瀑的霞彩　寻找破碎的鸟羽
水膨胀成蒸气　人膨胀　神会生气

高人巢居风林　似要羽化登仙
终归叶落　斩不断人世牵绊的根

幻听煎熬　深夜翻动枕头与脑袋
开窗的大街　空无幽魂与行人

梦游的脚趾　像十条大河奔四方
星光的眼眸　洞穿黑暗与过往

婴孩天真的泪水　智慧老人的珠宝
白发是皱纹的镜子　数不清镜子的反光

仿佛听见羊肉在肚里悲泣
肠胃不是念经的和尚

海大过一切的水　盐会渴死
你美过所有女人　我摸不到你的微笑

伪造贞洁　对爱的亵渎
伪造年龄　对父母撒谎

生命覆水难收　文字破镜重圆
百年后我的诗句　温暖尘世的心房

沉思录

把他人视作炼狱
你在岩石上磨刀

把他人视作天堂
你在骨头上吹笛

把他人视作地狱
你已捆绑绳索

把自由给心灵　慈悲给夜晚
鸟的飞船　涌动星光的波浪

血缘与亲情说大爱
人类一家　所有心是一颗

耶稣被钉上十字架
谁都在挣扎苦难与罪恶

陶渊明

你的千年诗句　盛放几朵桃花
黎明的鱼头和鸡鸣　收拢渔夫的网眼

别看我疯　结伴桑树和野菊
还有童真和渔船

赞美女人　早被视作笑谈
草根光棍　忍不住想你的酒盏

亲吻桃花　谁不脸红
多少代游人　误入桃源

心智与血汗浇灌的仙境
飘香诗歌与尘封的霞烟

不喜不惧　纵浪大化
洞彻人生的隐　何妨红尘的幻

陶渊明　回家吧

五斗米向你弯腰　菊花香醉你万年

狗祖盘瓠

宫廷老妇　耳虫似蚕茧
幻化为犬　五彩的犬

衔来戎族将军的头颅
国王怎能不兑现诺言

小公主与畜牲退隐南山
那儿的石洞　它们的伊甸

人与兽在做爱　美与英雄在繁衍
这样的神话　蒙上闪电惊惧的眼

原始的欲望　图腾的崇拜
浸泡血腥阴冷的史册

听不见犬吠　咬痛时间
公主的女儿是公主　犬的儿子不是犬

泯灭伦理　道德与真相

蛮夷的生命延续　星空摇曳　草根温暖

碎　片

鹰滑翔天空　像尘埃落入夜晚
鱼种下河流　像冰雪融化春暖

汗水浇灌星天　花朵绽放灿烂
嗡叫的蜜蜂　吹熄婚配的灯盏

火焰的终点是灰烬　落日的碎片是黑暗
风的面具变脸　草枯草青又一年

发疯的光棍　如同枯竭的树
泥有多厚　灵有多绿　天有多高远

大树的闪电　删除黄叶与秋天
云朵的巢　装着会飞的鸟蛋

白鸽的精灵

墙上的字　透明的玻璃
破碎的时间　掬起一条河流的皱纹

人活着　要审美与创造
还要操守与良知

不拒绝冷漠与麻木
汗水浇灌黄金的心血

对自己尚不满　何妨宽宥他人
不懂世俗　圣贤翻动史册的喘息

如果嘲笑　别忘了你的脸
可以误解　别诋毁风的魂

远离病态的灵　亲近自然与山水
天空握住的那只鸟　叫亮满天寒星

大海　永不枯竭的神话

鼓动蔚蓝的自由　彩云的唾沫　白鸽的精灵

白　话

稻谷翻阅秋收的土地
鱼虾涌动蔚蓝的大海

天空高远　淡如炊烟
农舍仿佛鸡鸣的茶园

黄金梦醒化为铜锈
谎言的人生多少夜晚

恶奴的谩骂令人恶心
哪家豢养的鹰犬

政治家渴望人类的幸福
如同诗人渴望佳作流传

病魔与诗句缠身共寝
脑袋装着幻听的闪电　思维的灵感

我活着　因我看轻自己

我看轻自己　所以我活着

现场或感悟

歌声的草丛有苍蝇
垃圾的房子会生病

庸才自视冰峰
嘲笑汗水与美德

人渣自视珍奇
夜空漏下鸦片的灰烬

羊群温顺　不爱牧鞭爱炊烟
自由咆哮　森林挂着猎枪的虎皮

江河弯腰入海
有的枯死在沙漠胸怀

疲惫的山峰举着天空
有的长高　有的在阳光下变矮

天上神灵　地狱邪魔
红尘男女　各有各的善恶与悲喜

在生死间行走的人兽鬼
谁能领悟命运　看透轮回

心　曲

无爱也不恨
身影巢居孤独的家

蔚蓝的海水皱起眉头
落日的悲叹　抹伤晚霞

大树托起天空的雷电
枝叶披上绿色的骏马

连狗也会咬人
脏话谁都会骂

牧鞭抽出毡房的炊烟
摘花人的手上　花香醉了

呼吸的春夜
星空的麻脸　笼罩着婚纱

风的歌吟

炊烟如墨痕
写满草树与村舍

天空漏下鸟鸣
像叮当的泉响

一个诗人有诗就温暖
一个乞丐有碗就饱足

打狗棍在竹林呼啸
诗人孤苦　什么都不要

晚风吹送歌吟
人兽鬼在群居合唱

时间静止　泥土沉默
忧郁的夜　数不清岁月与星光

天堂与地狱　捆绑绳索的慈航
云抹皱纹的额头　水满米香的船舱

鲜血泼染太阳的火把与城墙
皇冠与头颅　在刀尖上滚动或闪亮

春的嗓门

阳光给我捶背　石头温暖
蝴蝶在丛林里飞

溪水醒来哼着歌
蝌蚪在皱纹里游泳

春来了　山茶羞红脸
风刮风　白云走到天边

有人诋毁我
又怎能不被我嘲讽

世俗渴望书生的笑料
不识文字的魅力或酒糟

理智的作者尊重时间
别太在意　读者的舌头

诗句在世间流传
诗人死了　也还活着

高处的专机　无论皇冠或白宫
皮肉吸食太阳的精血　民主的意念

低处的虫　自卑也要发声
露珠刺亮嗓门　蝼蚁吹熄骨灰

慈悲的血泪

阳光穿上鲜花与蝴蝶
春天跳起溪水的绳操
蝌蚪与羔羊　醉倒在草坪

几天素食　忍不住破荤
一只烤鸭挤入肠胃　剩下骨架
与佛无缘　唇齿有香痕

灵魂的镜面　谁没有污点
黑夜里肉身不在
只有影子　像星光的碎粒

宗教需要圣洁的情怀
迷信免了　天国让人上升
如果不迷路　你不会下地狱

幻听里的幽灵　为何把我纠缠
病苦的草药　煮沸多年的陶罐

读心的禽兽　我的囚笼和酷刑

渺小的人　不能左右自然与命运
神会赐善以福报　给恶以锁链
星球旋转　在昼夜间重复轮回与生灭

而我依然故我　无爱又渐老
射线透视心灵　活着就是奇迹
诗歌泄露梦想的呻吟　慈悲的血泪

疯子或纸人

若不写诗　早已癫狂至死
需要赞美　沉迷哪会沉沦

我像僧人一样活着
不离文字　佛经不嗜肉荤

从三月偷一束槐花
还星光一束发白的鸟鸣

黑夜的男女播下爱
旋转的星球　种子在延续

哪个人能享尽天下福
又有谁能受遍世间罪

以疯狂应对疯狂　并非与谁为敌
为了苟活　强化灵肉对抗幻听

世人的笑料　牙齿数不过来

疯子无婚配　纸人有骨血

杂感 10 行

马蹄踩乱野花与草地
像春意迷乱翩翩白蝶

空气中的精灵　吹动瞌睡虫
婴孩在母亲怀里安然呓语

微笑的月光　玩着银色的小鼾
静谧的泉眼　涌动风沙与暗夜

打盹的坟墓放出鬼魂
骨灰的幽灵看透生死

古堡与大漠　像江湖废弃的残剑
血腥的锈迹　遗忘冷暖与恩怨

春的散笔

春天的阳光　像溪水流淌
把温暖绿在皮肤的草丛

树上的鸟鸣　像雄鸡报晓
草窝里的天空　有飞的幻象

不写作　也打水漂的顽石
把骄傲与怨气浮上云朵

自然的精灵　人性的富矿
情欲的沉溺　纷杂的荆棘

诗歌并非某人的专利
美女亦非峡谷的特产

罪孽的刀　自诩无辜
无辜的人　何惧原罪

尊重生命和自己的血汗

黄金的种子　绽放兽性的火焰

本能的病

搞文字的人　谦卑些
可能更接近文学

自大的狂热　虚构的真相
纠缠着笔杆的思维

诋毁与流言　让舌尖变刀
在白昼搅动暗夜的幽灵

看见美女就想抱回家
男人们患上野兽的感冒

无药可治　有食充饥
性欲　人的肉感与本能

在天堂与地狱之间煎熬
绽放善之花　结出恶之果

世事如谜　星空的棋盘

翻阅着人生　神性与命运

复 活

不与邪恶争斗　远离血腥
仁慈的泪珠　打湿和平的露水

鸽子在枪口飞翔
窒息的黑夜　洞穿绿色的枪声

月光的白骨　敲打生命的灵犀
一路奔跑的虫鸣　让春天复活花香的黎明

邪灵与我

邪灵的幻听　不辨男女与黑白
不辨手指　足趾与善恶
骚扰我　像野草挑衅河流
嘲笑我　像荆棘刺杀春天

天空窒息　囚禁风与自由
彩云和羽毛　飞不出深邃的枪口
二十多年的病变　大脑的癫狂　神经的雷电
触动心灵的岩石　寂寞的木头

半老不瘦　影子抱骨骼
灵魂漏泄蔚蓝　海水喊饿
弯月的刀磨砺　阴险的暗礁
肉身的船　挣脱枷锁与诅咒

病的悲哀

虚荣到无耻的幻听
一群禽兽冒充天使

我只关心自己的诗歌与瘾病
并不在乎你们的唾沫与毒舌

远离乌鸦与画皮的诅咒
因我珍爱时间的短促与指纹

所有的时间　都是不死的时间
过去现在与未来　时间重合在原点

仿佛时间从未出现
星空复活人类　草木与山川

爱与恨　恩与怨　照着蔚蓝的镜子
一滴海水　抹去神的泪　人在哀叹

活　着

人活着靠爱的氧　而非仇恨的毒
写作让危险的世界　给你安全感

人品差会药罐破摔
汤药和碎瓦都会伤人

损人利己不过常人
不利己也损人　注定小人

冰峰高洁　带来寒冷和透彻
大海悲壮　涌动蔚蓝的落日

梦里的红枣与伟人
让河流游泳着甜美与自信

人这东西　兽性大过神性
交配的本能　大于做爱的情欲

繁衍是生死的命根
胎盘与坟墓的较劲

有一种创造　对美善的追求
自由的绳索　真理的血泪

熔　炼

文学让你有几次生命
在不死的文字里轮回

诋毁即嘲笑　唾沫即污水
时间会验证　精神的高贵

向日葵谁没见过
油彩涂抹时间就升值

美与艺术　心灵的产物
因不朽而生生不息

人太渺小　自私难免
但要拒绝贪婪与嗜血

邪恶的种子长出黑暗
光明的嫩芽种出星天

火苗吹送春天的花草
溪水照亮虫鸣与温暖

焚烧的耳朵割下刀片
疯人被病魔送上祭坛

天堂很近　天堂遥远
你的呼吸　把夜空的黄金熔炼